祓屋天霧の後継者

御曹司と天才祓師

竹村優希

目次

もくじ

祓《はらい》屋《や》天霧《あまぎり》の後継者

御曹司と天才祓師

登場人物紹介

真《ま》琴《こと》

型破りな一匹狼の祓屋。
美人だが行動も物言いも
とにかく自由。
罰当たりな発言が多いが、
能力やセンスが桁外れに高く、
いわゆる天才。

三《み》善《よし》天《てん》馬《ま》

陰陽師系譜の祓屋一家、天霧《あまぎり》屋《や》の末裔。
当主になるべく育てられてきたが、
本人に気概はない。
自分は凡才であると考えているが……。

イラスト：うごんば

悪霊祓師《はらいし》の三善天馬《みよしてんま》は、人生最大の窮地に立たされていた。

ほんの十数センチ先から天馬の顔をまっすぐに見つめているのは、青白い顔をした、能面のように無表情な女。

まるで絵の具で塗り潰《つぶ》したかのような、まったく光の宿らない漆黒の目に捉《とら》えられた瞬間から、天馬は身動きが取れなくなった。

言うまでもないが、この女は人間ではない。

上からの指示により出向いた先で遭遇した、数百年もの年月を彷徨《さまよ》ったであろう、いわゆる悪霊だ。

ただしその禍々《まがまが》しさは最初の想定を何十倍も上回っており、到底太刀打ちできる相手でないことは、出会《でくわ》した瞬間から明白だった。

共に出向いた同僚の祓師が、悪霊の姿を確認するやいなや慌てて援護を要請したものの、そんなことをしたら全滅してしまうという危機感を覚えた天馬は、咄嗟《とっさ》の判断で悪霊を引き寄せ、山へ入った。

やがて、ひと気のない場所に使われていない農具小屋を見つけてその中に隠れ、戸に呪符《じゅふ》を貼って自分の気配を完璧《かんぺき》に消し、悪霊の力が弱まる夜明けを待とうと考えた。——ものの。

呪符の力はいとも簡単に破られ、現在に至る。

生まれてこのかた、ここまでの無力感を覚えたことは一度もなかった。

過去には、悪霊祓《ばら》いに失敗した祓師がむごい死に方をしていく様を何度か目にしてきたけれど、ここまでの相手はいなかったと天馬は思う。

ただ、明確に死地に立っていたそのときの天馬は、思いの外冷静だった。

「ほら見ろ……、祓師なんてロクな死に方をしない……」

無意識に口から零《こぼ》れたのは、ただの愚痴。

思えば天馬は、幼少期に父親が目の前でゆっくりと悪霊に喰《く》われていく光景を目の当たりにした瞬間から、自分の特殊な生まれに心底うんざりしていた。

日本では年に約八万人の行方不明者が出ているが、その内の数パーセントが悪霊絡みであるという事実は、天馬たち祓師の界隈《かいわい》ではごく当たり前の話だ。

はるか昔から、その事実に変化はない。

にも拘《かかわ》らず、日本社会が飛躍的進化を遂げた現代において、いつからか悪霊という存在は非現実的なものとして世間に受け入れられなくなり、それと共に、祓師は居場所を失っていった。

そんな中、かろうじて現代まで生き残っている祓屋の中のひとつが、天馬を末裔《まつえい》とする「天霧屋《あまぎりや》」。

天霧屋は陰陽師《おんみょうじ》系譜の端くれでありながら、滅びゆく同朋《どうぼう》たちと吸収合併を繰り返しつつ、なんとかこれまで血を繋《つな》げてきた。

かつて天馬は父親から、「受け継いできた力に誇りを持て」と、「先祖たちによって必死に守られてきた歴史をお前が繋げてゆくんだぞ」と、毎日のように言い聞かされたものだ。

天馬もまた、当然のごとくその言葉を受け入れ、悪霊を祓う父親の姿をいつも誇らしく思っていた。

その父親が、あっさりと死んでしまうまでは。

それを機に天馬の中に漠然とした疑問が生まれ、それは次第に大きくなり、当たり前だと思っていたなにもかもがこれまでと違って見えるようになった。

「……感謝されるどころか誰にも知られず、こんなわけのわからない不気味な奴に殺されるだけの役割に、どんな誇りを持てと言うんだろうな」

愚痴が溢《あふ》れて止まらない中、悪霊は天馬の方に枯れ枝のような手を伸ばし、頬にボロボロに朽ちた爪を立てる。

鋭い痛みとともにどろりと嫌な感触が頬を伝い、鉄のような生々しい匂いが鼻を掠《かす》めた。

世間では幻覚のような扱いを受けている悪霊だが、実際は実体のない者もいれば、こうしてしっかりと人の体に干渉してくる者もいる。

しかし厄介なのは物理的な力より、長い年月かけて練り上げられた、恨みや怒りなどの念。

これに対抗するには、祓屋を名乗るに足る資質が必要となる。

ただし、時代と共に絶滅しかけている祓師と、日々増え続ける悪霊とでは数のバランスが取れておらず、謎の行方不明者が爆増する未来は、もうすぐそこまで迫っていた。

もし本当に祓屋が絶滅したらこの社会はいったいどうなるだろうかと、天馬はさほど興味もないことをぼんやりと考えながら、白みはじめた空を見てゆっくりと体の力を抜く。

自分がこうして時間を稼いでいる間に夜が明け、その頃には仲間たちも無事に逃げおおせているだろうと確信したからだ。

しかし。

「天馬！」

ふいに名を呼ばれ、心臓がドクンと嫌な鼓動を鳴らした。

咄嗟に視線を向けた天馬の視界に映ったのは、逃げるどころかぞろぞろと仲間を引き連れた祓師の同僚・慶士《けいじ》の姿。

「慶士、お前、なんで……」

「逃げたとでも思ったか！　俺が仲間を見捨てるわけがないだろ！」

「馬鹿、違……」

「すぐに祓ってやるから待て！　全員で力を合わせればこんな奴、どうということはない！」

「いや、駄目だ、逃げ――」

最後まで言い終えないうちに、慶士をはじめそこにいた全員が一瞬で姿を消し、天馬は天を仰ぐ。

正確には消えたのではなく、悪霊が放った強い念に当てられ、背後に飛ばされたという表現が正しい。

他の者はともかく、慶士は天馬と比べて元々体が大きい上、日々鍛錬を怠らずにひたすら鍛え抜いている肉体派だが、それですら敵《かな》わず、まるで人形のように無惨に地面に崩れ落ちた。

やがて、ゆっくりと上半身を起こした慶士の目からは、さっきまでの自信が根こそぎ奪われていた。

「な、なんなんだ、こいつ……」

絶望にまみれた呟《つぶや》きを零し、ふたたび地面に倒れる慶士を見ながら、天馬は、ほら見ろと呆《あき》れる。

天霧屋の祓師全員どころか、日本全国から屈指の祓師たちを集めたところで太刀打ちできない相手であることくらい慶士ならわかっていただろうに、なにをのこのこやって来たのだと。

結果、自分が犠牲になっている間に夜明けを待つという計画は台無しになり、天馬は無理やり腕を動かして懐から最後の一枚となった呪符を取り出した。

これで少しの間でも悪霊の動きを封じられれば、慶士たちが逃げる隙くらいは作れるだろうと。

皆の状態を確認しようがなく、上手《うま》くいく根拠などないけれど、今の天馬にできることはそれしかなかった。

天馬は呪符をぎゅっと握り、ゆっくりと祝詞《のりと》を唱える。

そして、これで死んだら次は普通の家庭に生まれたいものだと、ずいぶんのん気なことを考えながら覚悟を決めた。――そのとき。

突如、――バシャンと奇妙な音が響いたかと思うと、目の前に迫っていた悪霊の顔が、真っ二つに割れた。

どろりとした液体を真正面から浴びた天馬が、黒ずんだ視界の中で確認できたのは、悪霊の顔を貫く棒状のなにか。

「は……？」

なにが起きたのか、まったく理解ができなかった。

天馬の間抜けな呟きが響く中、禍々しい気配は嘘のように消え、顔を割られた悪霊の姿もまた、燃え尽きた灰のようにゆっくりと崩れて空気に紛れていく。

なにもかもが消えた後に残ったのは、見たこともない一人の華奢《きゃしゃ》な女だった。

その女は息を呑《の》む程に美しく、大きな目と後ろで一本にまとめられた長い黒髪が印象的で、朝日に照らされた姿はまるで絵画のようだと天馬は思う。

しかし、女は悪霊を貫いたなにかをゆっくり下ろすと、怖ろしく整った顔を大きく歪《ゆが》めた。

「げ、なんか汚いものが付いてる……」

見た目にそぐわない言葉遣いに天馬は混乱するが、女は嫌そうに手元のそれを二、三度振った後、そこに巻かれていたベルトを外し、バサッと広げる。

「傘……？」

思わず口を衝《つ》いて出た呟きの通り、女が手にしていたそれは、なんの変哲もないビニール傘だった。

「……しかも、さっき買ったばっかりのね」

女は文句を言いながら何度も傘を開いて悪霊の残骸《ざんがい》を払い、汚いものでも触るかのような仕草でふたたびベルトを巻く。

「傘、だと……？」

「なによ。……どう見ても傘でしょ」

ずいぶん苛立《いらだ》っている様子だが、そのときの天馬には、どうしても無視できない疑問が浮かんでいた。

「あんた、さっきの悪霊を、その傘で、祓《はら》ったのか」

疑問とは、まさにその問いの通り。

生まれたときから祓師《はらいし》として育てられ、悪霊祓いには特別な呪符《じゅふ》や呪具が必要であるという教えを常識としてきた天馬には、目の前で起こった出来事が上手く処理できなかった。

一方、女は不恰好《ぶかっこう》にまとめた傘を背中の大きなリュックに引っ掛け、まるで値踏みするかのように、天馬の姿を頭のてっぺんからつま先までまじまじと見つめる。

そして。

「天霧屋の末裔、ねぇ」

さらりとそう口にした。

「……なぜ、それを」

天馬が驚いたのも無理はなく、現代社会で天霧屋の存在を知っている者は、そう多くはいない。

なにせ、天霧屋は鎌倉山《かまくらやま》にある天成寺《てんしょう》という寺を本拠地としていながら、実際は隠れ蓑《みの》として寺を装っているだけであり、一般人の立ち入りを禁じることで意図的に世間から身を隠しているからだ。

理由は先の通り、祓屋という仕事が人々の理解を得られなくなる中で、何代も前の天霧屋の当主が、身動きの取りやすさを鑑《かんが》みてそう決めたらしい。

だからこそ、見たこともない女の口から天霧屋の名前が出たことに、天馬は戸惑っていた。

しかし、女は質問には答えず、すでに興味を失くしたとでも言わんばかりに、さも退屈そうに大きな伸びをする。

改めて女の姿を見れば、その恰好はスウェットにデニムにスニーカーとあまりにもラフで、袴《はかま》姿に襷《たすき》までかけた天馬とはまるで違っていた。

「あんた、何者なんだ……」

天馬はようやく少し落ち着いた頭で、ひとまず女の素性を問う。

けれど、女はそれに答えることなく、代わりにニヤリと不敵な笑みを浮かべた。

「焦らなくても、私の正体ならすぐにわかるよ」

「それは、どういう……」

「それはそうと、『俺が引き寄せている間に逃げろ！』みたいな展開、ダサすぎてとても見てられなかったんだけど。ああいう空々しいの、いずれ黒歴史になるからやめた方がいいよ」

「は……？」

「全然、自覚なさそうだね」

「いや、それより……」

「またね、天霧屋のお坊ちゃん。あと、さっきみたいに余裕こいてたら、そこらの浮遊霊にまで隙をつかれるから気をつけて」

「待っ……」

ひらひらと手を振って颯爽《さっそう》と去っていく女を、天馬には引き留めることができなかった。

「余裕こいてただと……？ そんなわけないだろ……」

無意識に零《こぼ》した呟きに滲《にじ》んでいたのは、かつてない程の無力感。

余裕どころか全力で挑んでもまったく歯が立たなかった相手を傘一本で祓われたのだから、それも無理はなかった。

ただ、その半面、ついさっきは死を覚悟していたというのに、こうして生きていることに少しほっとしている自分もいた。

「にしてもあの女……、俺の死に際の覚悟をダサいと……」

やがて気持ちが落ち着き始めるにつれ、今度はなんとも言えない複雑な感情が無力感を塗り替えていく。

なにせ、天馬は天霧屋の末裔《まつえい》という立場上、そんなふうに揶揄《やゆ》された経験など一度もなかった。

この感情は怒りなのか敗北感なのか上手く判断がつかず、一方で少し爽快感のようなものもあり、天馬は混沌《こんとん》とした思考を切り替えようと、髪を乱暴に掻《か》き回す。

しかし、朝日に照らされた勝ち気な表情が頭にしっかりと張り付いたまま、いつまでも離れてくれなかった。

これまで、あんな美しい女を見たことがあるだろうか、――と。

天馬は自然に浮かんだ感想を慌てて振り払い、ひとまず深呼吸をする。

そして、倒れた仲間たちの無事を確認すべく、満身創痍《まんしんそうい》の体に鞭打《むちう》って、ゆっくりと立ち上がった。

第一章

神奈川県、鎌倉。

「天霧屋」が本拠地とする天成寺は、偽りの寺であるためご本尊はなく僧侶《そうりょ》もおらず、緑地の中に広大な敷地を持ちながら、地図にも載っていない。

山門を抜けてしばらく歩くと、まず本堂と呼ばれる集会場があり、その裏手には渡り廊下で繋《つな》がっている三善家の自宅、さらに奥には鍛錬の場となる道場、そして天霧屋の門下たちが生活する三階建ての宿舎がある。

社会から隔離された、いわば閉鎖的な環境だが、天霧屋に身を置く門下たちのほとんどは、持って生まれた能力のせいで過去に様々な苦労を経験した者たちばかりであり、だからこそ仲間意識が強く絆《きずな》も深い。

おまけに現在は若者が多く、宿舎での食事風景なんかは、一見すれば男子学生寮のような賑《にぎ》やかさで、時折年長者の怒号が響き渡ることもある。

そんな天霧屋の現当主は、天馬の祖父にあたる三善正玄《しょうげん》。

御年九十七歳と相当な高齢だが、百八十センチの身長に加えて年齢をいっさい感じさせない鍛え抜かれた肉体から、不死身の豪傑として名が知られている。

ただし決して良い意味ばかりではなく、正玄は普段から怒鳴るわ殴るわ命令するわと、指導という名目の暴力を炸裂《さくれつ》させ、現代社会のパワハラ撲滅の波に逆行しているような男だ。

だが、閉鎖されたこの組織の中で、そこに異論を唱える者はいない。

大昔から受け継がれてきた方針に物申しても無駄であることは明らかであり、なにより祓屋界隈《はらいやかいわい》で生き神として崇《あが》められる〝天霧屋の三善正玄〟に口出しする勇気を持つ人間なんて存在しないからだ。

つまり、不満を抱いた者は静かにここを去るため、このパワハラ社会は誰にも乱されることなく続いている。

そんな天霧屋が今もなお存続できている最たる理由は、悪霊祓いに十分な需要があり、その報酬という大きな収入源のお陰と言える。

とはいえ一般人とは交流を持たないため、天霧屋に依頼を持ってくるのは、主に警察組織。

世間では妄想や幻覚のような扱いを受けている悪霊だが、警察組織内の公安のごく一部には、天霧屋と認識を同じくする部門がある。

なにせ世の中には、祓師の手を借りなければ解決できない不可解な事件が多く、警察側もそれを認めているため、神奈川県警と天霧屋は数十年前、世間に隠れて協力関係を結んだ。

現在、鎌倉警察署には鹿沼《かぬま》という名の公安警察官が在籍しており、ちなみに彼は、元天霧屋の祓師。

そのお陰もあって、天霧屋には滞りなく依頼が届き、謝礼という形で報酬を受け取っている。

ただし、それらは原資が税金であるため決して多額ではなく、それよりも収入源として大きいのは、ごく稀《まれ》に届く、いわゆる〝権力者〟と呼ばれる部類の人間からの依頼だ。

ただ、正玄の秘書兼世話役を担う田所《たどころ》という男が交渉役となって極秘で進めているため、詳細は天馬たちにはほとんど知らされない。

唯一知れ渡っているのは、その場合の報酬が法外な額であるという噂のみ。

その噂の信ぴょう性は、田所が仲介した依頼を終えるたびに正玄の部屋に増えていく骨董品《こっとうひん》や、次々と入れ替わる車を見れば一目瞭然《いちもくりょうぜん》だった。

ともかく、――天霧屋はこうして、令和となった現代までなんとか祓師の家業を続けてきた。

順当に行けば、やる気はなくとも末裔である天馬が、これから天霧屋を守っていくことになる。の、だが。

天霧屋は今、切実な問題に直面していた。

「――三人逃げた……？」

「ああ。気付いたときには荷物ひとつ残ってなかった。おおかた、昨晩の悪霊を見て心が折れたんだろう。必死に会得した気配を消す術をこんなところで役立てるとは、皮肉なものだな」

それは、妙な女に会った日の午後。

軽い仮眠を取った天馬は、正玄からの「全員集合」という急な呼び出しに応じるため、宿舎から本堂へ向かっていた。

その道中に同僚の慶士から聞いたのが、先の通りの頭の痛い話。

「ついこの間二人逃げたと思ったら、また三人も……。ということは、門下は俺らを入れてたった八人……」

「ついに十人を切ったな。今や、祓師よりも世話役の方が多い」

慶士が言う通り、世話役は正玄専属の田所以外にも、多く雇われている。

雇用に関しては田所がすべて管理しているが、その面々は定期的に入れ替わる上に宿舎も分離されているため、天馬たちは人数も名前もほとんど把握していない。

唯一わかっているのは、皆、こんな特殊な場所を働き先に選ぶくらいに、事情を抱えた者たちであるということ。

なにせ、ここに住み込みで働いてさえいれば、万が一なにかに追われていたとしても見つかることはまずない。あくまで、たとえ話だが。

田所は、そういった訳ありの人物に交渉して雇用を提供し、秘密保持の観点から、一部を除いて定期的に入れ替えを行っているらしい。

それはともかく、もはや世話役の人数の方が多いというのは、さすがに問題だった。

「やっぱり、お前が昨晩、悪霊のもとに仲間を全員引き連れて来たのが良くなかったんじゃないのか……？」

「だとすれば、貧弱すぎるだろ。それにしても、かつてはうちの宿舎に百人近い門下が暮らしていたというが、八人とは。……時代だな」

「時代、ねえ」

「そういうことにしておいた方が無難だろ。金儲《かねもう》けが好きで門下の命をものともしない当主の下では命がいくつあっても足りないなんて、安易に口に出せない」

「出してるじゃないか」

天馬が眉間《みけん》に皺《しわ》を寄せると、慶士が可笑《おか》しそうに笑う。

慶士は、天馬と同じく二十四歳であり、物心ついた頃から兄弟のように過ごしてきたため、会話は気安い。

「別に誰も聞いちゃいないよ。……それにしても、慌てて逃げなくとも、当主ももう九十七だし、もう少しの辛抱だと思うけどなぁ」

「仮にも俺の肉親の死をサラッと望むな」

「いやいや、さすがに望んではいないよ。なにせ生き神様だからな。……ただ、お前だって息が詰まるから宿舎で寝泊まりしているんだろ？」

「……答え辛《づら》いから、聞かないでほしい」

「はは」

慶士に指摘された通り、天馬には正玄と同じ邸宅内に部屋があるにも拘《かかわ》らず、あえて宿舎で寝泊まりしている。

その方が門弟たちとの距離が近いというのが体裁上の理由だが、正玄の近くでは息が詰まるという理由も、あながち否定はできなかった。

「……で、今回の呼び出しはつまり、門弟が減った件か」

天馬はひとまず話題を変えるため、そう言って大袈裟《おおげさ》に溜《た》め息をつく。

慶士もまた、やれやれといった様子で肩をすくめた。

「とんでもない悪霊を祓《はら》ったっていうのに、苦言を聞かされるなんてな」

「いや、祓ったのは……」

「ん？」

「……いや、いい、後で話す」

あのときは場が混乱していたため無理もないが、どうやら慶士は妙な女のことを覚えていないらしく、悪霊は天馬が祓ったと思い込んでいるようだった。

すぐに訂正しようと思ったものの、すでに本堂が目の前に迫っている今ややこしい話をするのは憚《はばか》られ、天馬は一旦《いったん》言葉を収める。

やがて本堂に着くと、すでに六人の門弟たちが全員揃っており、天馬たちに深く一礼をした。

三人減ったという話はさっき聞いたが、広い本堂にたった六人が並ぶ姿はあまりに心《こころ》許《もと》ない。

見れば、門弟の中には最年少である七歳の蓮《れん》も残っており、ふいに、なんとも言えない気持ちが込み上げてきた。

いなくなってしまった三人のように、逃げ場所がある者はまだ恵まれていると天馬は思う。

なにせ蓮には、突然変異的に生まれ持ってしまった特殊な霊能力が災いし、様々なトラブルに見舞われた末、ついには両親から気味悪がられて施設に預けられ、その後紆余《うよ》曲折《きょくせつ》あって天霧屋の門弟になったという凄絶《せいぜつ》な経歴がある。

七歳では大人から一方的に与えられた場所にいる他生きる術《すべ》はなく、当然逃げ場などない。

唯一幸いと言えるのは、蓮本人がここをずいぶん気に入っていることであり、やってきて一年になる今は天馬にすっかり懐いていた。

ただ、天馬としては、ここが安全な場所であるとはとても言い難いぶん、複雑な思いもある。

「……怪我はないか」

つい気になって通りがけに声をかけると、蓮は大きく頷《うなず》いてみせた。

「うん。……僕、昨日のことをあまり覚えてないんだ」

「そうか。その方がいいよ」

こういうときの子供の無邪気な表情は、大人の胸を抉《えぐ》る。

もし、あのまま天馬が死ぬ様子を目の当たりにしていたなら、とんでもないトラウマを抱えていただろうと、想像しただけで肝を冷やした。

天馬は自分に空けられた最前列に慶士と並んで腰を下ろし、様々な感情を振り払うため、ゆっくりと深呼吸をする。

すると、間もなく、三善家の自宅に繋《つな》がる右手奥の障子がスッと開き、先に正玄の世話役の田所が顔を出して皆に一礼した後、正玄が悠々と姿を現した。

着物の襟元から黒光りした胸筋が覗《のぞ》き、天馬はどこか白けた気持ちで形式的に一礼をする。

正玄は門下たちをぐるりと見回すと、正面の壇上にある定位置には腰を下ろさず、まっすぐに天馬の前へ来て膝《ひざ》をついた。——瞬間。

ゴン、という鈍い音が鳴り響き、脳がぐらりと揺れる。

飛びそうになった意識をなんとか繋ぎ止めながらも、天馬は、どうやら頭を拳《こぶし》で殴られたらしいとどこか冷静に考えていた。

それも無理はなく、これはいちいち過剰に反応するまでもないくらい、ごく日常的なことだからだ。

現に、慶士をはじめ誰一人として、動揺する様子はなかった。

「儂《わし》に、なにか言うべきことがあるだろう」

正玄は天馬の前にドカッとあぐらをかいて座ると、頭を摩《さす》る天馬を睨《にら》みつけ、そう問いかける。

「言うべきこと、ですか。……あえて言うなら、九十七歳が繰り出す鉄拳《てっけん》とは思えません」

「やかましい。真面目に答えろ」

「ですから真面目に、あと百年くらい生きそ――」

ふたたび鈍い音が響いたのは、その瞬間のこと。

隣から、慶士のやれやれといった視線を感じた。

ただ、どう答えてももう一撃は喰《く》らうだろうと予想していた天馬は、むしろこれで一段落ついたくらいの気持ちで、改めて正玄と視線を合わせる。そして。

「……門下が減った件ですよね」

ようやく本題に触れたものの、正玄は眉根《まゆね》に深い皺を寄せ、意外にも首を横に振った。

「違う」

「……はい？」

「お前は、なにもわかっていないんだな」

「なにを、でしょうか」

「儂が本当にあと百年生きられるなら、こんなことは言う必要はないが」

「はあ」

「お前はもっと――」

バン、と障子が開く音が響いたのは、正玄がすべてを言い終える前。

天霧屋の関係者に、生き神である正玄の言葉を遮る者など存在しないため、これには天馬だけでなく門下たちも驚き、場が一気に緊張を帯びた。

もっとも慌てていたのは、障子の前に座っていた正玄の世話役、田所。

田所は廊下側からいきなり開いた障子にパニックを起こした様子で、慌てて引き手に手をかける。――しかし。

「ねえ、どんだけ待たせんの？」

田所が閉めかけた障子を強引に開けて現れたのは、見覚えのある女だった。

「お前……」

それは忘れもしない、悪霊を傘一本で祓った謎の女。

女は思わず声を出した天馬に視線を向けると、記憶のままの、不敵な笑みを浮かべた。

「ああ、末裔《まつえい》じゃん。ね、私の正体はすぐにわかるって言ったでしょ」

「…………」

女はそう言うが、天馬はむしろ余計に混乱していた。

閉鎖的な天霧屋の、しかも核となる本堂に入り、おまけに正玄の発言の邪魔をする人間に、思い当たる者などいないからだ。

一方、女はそんな天馬の反応など気にも留めず、明け方に見たままのスウェット姿で本堂にずかずかと立ち入り、正玄の肩を気安く叩《たた》いた。

「ねえ、まだ時間がかかるなら、先にご飯食べてきたいんだけど」

「…………」

これは荒れるぞ、と、天馬は思う。

正玄に対し、無礼な振る舞いをかろうじて許されているのは、肉親である天馬以外にいないからだ。

もっとも、正玄は多少の失言をどうこう言う程面倒臭い老人ではないのだが、本人よりも周りがそれを許さない。

現に、慶士が早速怒りを露《あら》わに立ち上がり、女の腕を摑《つか》んだ。

「……何者か知らないが、当主に触れるな」

普段の慶士は、天馬と一緒に正玄を揶揄《やゆ》することも多々あるが、余所者《よそもの》に対しては、さすがにそういうわけにはいかないらしい。

ただでさえ圧の強い大きな目が、強い怒りを宿していた。

しかし、女はあっさりとそれを振り払うと、正玄の肩を雑に揺らす。そして。

「もしかして、まだなにも説明してないの？」

慶士の態度に怯《ひる》みもせず、面倒臭そうに正玄に文句を零《こぼ》した。

ついには慶士までもが硬直する中、全員が正玄の反応に集中する。

天馬の頭に浮かんでいたのは、追い出すよう田所に指示するか、いっそ殴るかの二択。

しかし、正玄はどちらも選ばず、普通に頷き返した。

「……待たせてすまない。これから話すところだ」

その穏やかな口調には、そこに同席した全員が驚愕《きょうがく》していた。

天馬ですら何年も耳にしたことがなく、背筋にゾワッと悪寒が走る。

かたや、女はさも迷惑そうな表情を浮かべた。

「やっぱり……。老人は前置きが長いから」

「悪かった。今から話すから、よければ同席してくれ。こうなってしまった以上、いてくれた方が話が早い」

「いいけど、短めにして。私、めちゃくちゃお腹がすいててイライラしてるから」

「……後で食事を用意させる」

とても聞いていられないやり取りだった。

そんな中、正玄はようやく自らに集中する怪訝《けげん》な視線を察したのか、短く咳払《せきばら》いをした後、女を残して壇上へと上がる。

「……まさか、再婚の報告じゃないだろうな」

慶士が冗談めかしてコソッと呟《つぶや》いたけれど、さっきの光景を目の当たりにしてしまった天馬には、一笑に付すことができなかった。

とうに妻を亡くしている正玄が誰とどうなろうと自由だが、どう見ても孫と同世代の女を紹介されたところで、すんなり受け入れられるものではない。

万が一慶士の予想が当たっていたとしても、こういう場で大々的に報告せずにこっそりやってほしいと思わずにはいられなかった。

正玄がお茶をひと口飲む間にも想像が飛躍していき、天馬の心の中はモヤモヤしたもので埋め尽くされていく。──しかし。

「では、……単刀直入に言う。儂が引退した後の天霧屋は世襲を廃止し、当主の座はもっとも実力を持つ者に譲ることにした。実力さえ高ければ、天霧屋や三善家とまったく無関係な人間であっても一向に構わない」

正玄が口にしたのは、衝撃のひと言だった。

「……どういう、ことですか」

ポカンとする天馬を他所《よそ》に、真っ先に声を発したのは慶士。

慶士は顔にわかりやすく動揺を滲《にじ》ませ、今にも正玄に詰め寄りそうな勢いで身を乗り出していた。

正玄はそれを鋭い視線で制し、さらに言葉を続ける。

「本来ならば、天霧屋は昨晩の悪霊によって壊滅していただろう。祓屋《はらいや》は、そんなことでは成り立たない。弱い者に渡せば、みるみる弱体化しいずれは滅びる」

「ま、待ってください。壊滅していたとおっしゃいますが、昨晩の悪霊は天馬が祓《はら》ったでしょう……！　わざわざ余所者を選ばずとも、天馬には十分な実力が──」

「俺じゃない」

「は？」

「祓ったのは、そこの女だ」

「…………」

天馬は絶句する慶士を見ながら、こんな修羅場で告白することになるくらいなら、無理にでもさっき話しておくべきだったと少し後悔していた。

女は、放心した慶士を見ながらニヤリと笑う。

「そうだよ、昨日の悪霊を祓ったのは私。そこのお坊ちゃんが馬鹿みたいに苦戦して、自己犠牲の精神でギリギリ抑えてたんだけど、もう見てられなくって。つい、体が動いちゃったわ」

「……天馬はうちの次期当主だ。侮辱するな」

「次期当主だろうがなんだろうが、事実だから。あんただって、かっこよく駆けつけたくせにあっさりやられてたじゃない。私が行かなきゃ、あんたも死んでたんだよ。つまり、今の天霧屋に悪霊祓いの仕事は荷が重いってこと」

「荷が重い、だと？」

「そこのお坊ちゃんに代替わりする頃まで持つかどうか、正直危ういと思うよ。あと数年で全滅して終わっちゃうかもね」

「…………」

ふたたび絶句した慶士の額には、はっきりと血管が浮かび上がっていた。

今にも暴れ出しかねないと、天馬は念の為に慶士の着物の背の部分を掴む。

門弟たちもまた、話に付いてこられないのか完全に固まっていた。

ただ、混沌《こんとん》とした空気が蔓延《まんえん》する中、天馬だけは、妙に冷静に女の言葉を受け止めていた。

むしろ、祓屋なんてものはいずれ滅びゆく宿命なのだと、心の中にあり続けた思いをはっきりと言葉にされ、スッキリとすらしていた。

なにせ天馬には、天霧屋を絶対に存続させねばならないという強い気概も、使命感もない。

それでもここまで居続けた理由は、今すぐ逃げ出したいと思う程環境が悪くなかったこともあるが、幼い頃から祓屋になるべく育てられ、すっかり世間知らずになった自分が一般社会で通用するとは思えなかったからだ。

そうやって自分を客観的に分析する日々の中、面倒なことは先延ばしにし、すべて流れに身を任せることにした決定的な理由は、天霧屋の末裔として自分に受け継がれた、他よりも少しだけ高い能力があったからこそ。

いわば、それだけが、自分の役割を明確にしてくれる要素だった。——のだが。

つい昨晩、凡才であることを知ってしまった。

「……確かに、その女の言う通りだ。あのままでは全滅していたと思う。俺のダサい自己犠牲も、無意味に終わっていただろうな」

根に持っている部分をあえて強調しつつ言葉を挟んだ天馬に、女がカラッと笑う。

慶士はさらに怒りを露わに、天馬を睨《にら》んだ。

「お前……、あれだけ侮辱されて悔しくないのか。あの女は、お前の居場所を奪おうとしているんだぞ……」

どこか傷ついたような目を向けられ、天馬の胸がチクリと痛む。

しかし、それでもなお慶士のように熱くはなれず、天馬は宥《なだ》めるように笑みを浮かべた。

「悔しくとも、事実、俺はあの悪霊に太刀打ちできなかった。全員死ぬくらいなら、守れる人間が上に立った方がいい」

「まさかお前、あっさり譲り渡す気か……？　お前が当主になることを信じてきた俺らの気持ちはどうなる……！」

「信じてくれているなら尚更《なおさら》、俺のせいで皆が死ぬのは忍びない」

「おい！　お前は唯一、天霧屋の正統な血を引く人間なんだぞ……！　誰より高い資質があるんだから、そう思うならもっと修行して力を伸ばせばいいだろ！　プライドはないのか！」

「そんなものより、命が優先だ」

「天馬……！」

その瞬間、慶士の目に滲んでいたのは怒りではなく、かつてない程の落胆。

慶士の純粋さや熱い人間性については理解していたつもりだったけれど、天馬が当主になることをここまで望んでくれていたとは知らず、天馬は少し戸惑っていた。

ふいに頭を過《よぎ》ったのは、生きていた頃の父親のこと。

――『俺らは表に出ることはないが、陰ながら世の中を守る重要な役割を担っている。与えられた宿命にプライドを持ちなさい』

それは、父親がかつて、どんなに悪霊を祓っても誰にも感謝されないことに不満を零《こぼ》した天馬を宥めながら口にした言葉だ。

しかし彼はその数日後、むごい死に方をした。

それも影響してか、天馬はあのときの父親の言葉を、正しいと思ってはいない。

「プライドなんか、なんの意味もないよ。ただの自己満足だ」

あえて言葉を付け加えると、慶士の表情から力がスッと抜けた。そして。

「それが本心なら、お前とは……」

「――うける」

突如会話を遮ったのは、笑い混じりのひと言。

視線を向けると、女が横でニヤニヤと笑っていて、天馬は途端に我に返った。

「……なにがおかしい」

「なにって、昭和の学園ドラマみたいな会話だったから」

「人が真剣に……」

「〝ただの自己満足だ！〟……ださ」

「おい！」

声を荒らげたものの、女は引くどころか、天馬に挑発的な視線を向けた。

「だって実際そうじゃん。不毛なことで延々喧嘩《けんか》して馬鹿みたい。こうやって世の中から離れてコソコソ生きてるから、そういうわけわかんないことで争うんだよ。くだらないっていうか、視野が狭いっていうか」

聞けば聞く程憎たらしいが、こうもわかりやすい煽《あお》りに乗る気にもなれず、天馬は怒りを噛《か》み殺す。

一方、女は満足そうに目を細めて笑うと、颯爽《さっそう》と足を踏み出し天馬の前に立ちはだかり、ゆっくりと口を開いた。

「……ともかく。このおじいちゃんは天霧屋を実力が高い者に渡すって言ってるわけだから、このままいけば私がもらうことになるね。もっと争う感じになるだろうと思ってたけど、なによりお坊ちゃんには全然やる気がないみたいだし、そもそも実力の差は昨日の一件で証明されたわけだし」

「…………」

「なにせ、私に祓えない霊なんていないから」

正直、返す言葉がなかった。

むしろ、すべてにおいてこの女の言う通りだと思っていた。

いきなり現れた素性もわからない女が当主の座につくことには少なからず抵抗があるが、そもそも、正玄が提示した基準が「実力の高い者」の一点であるならば、納得する他に選択肢はない。

するとそのとき。

「お前、まさかほっとしてるんじゃないだろうな」

ふいに、慶士が口を開いた。

さっきとは打って変わって冷静な声色にはどこか蔑《さげす》むような響きがあり、天馬の胸がざわめく。

「……なに言ってる」

「改めて思い返してみたんだが……、俺はお前から、天霧屋の跡を継ぎたいなんて話を聞いたことがない。むしろ、こっちからその話題に触れても、いつも適当に躱《かわ》されていた」

「慶士、それは……」

「お前、本当はずっと嫌だったんじゃないのか。だから、妙な女が登場したことで、自分が重荷を背負わずに済む正当な言い訳ができたとでも考えてるんだろう」

「……おい、勝手な想像で決めつけるな。継ぎたいとか継ぎたくないとかじゃなく、そうなることをとうに受け入れていたからこそ俺は……」

「受け入れるってなんだ？　思うところがありながらも、諦《あきら》めて流れに適当に身を任せていただけだろう」

「…………」

「お前はそういう奴だ。意思がない」

自分の中で曖昧《あいまい》にしておきたかった部分を的確に言い当てられ、天馬は動揺を隠すことができなかった。

そのとき。

「――はいはい、もういいって。こっちは、そういう鬱陶《うっとう》しいやりとりにちょっと食傷気味だから、続けたいなら後でやって」

張り詰めた空気に割って入ったのは、やはり女だった。

ずいぶんな言い草だが、慶士の追及から逃れた天馬は密《ひそ》かにほっと息をつく。

しかしそれも束の間、女は天馬との距離をさらに詰めたかと思うと、いきなり胸ぐらを摑《つか》んで強引に引き寄せた。

「な……」

細腕からは想像もできない力に抵抗することもままならない中、女は間近から天馬の目をまっすぐに見つめる。――そして。

「あのさ、一応言っておくけど、もし私が天霧屋の当主になったときには、無駄は全部省くからね」

威圧的な態度で、そう言い放った。

「……どういう、意味だ」

「そのまんまだよ。無駄に広いこの土地も、使えない門下たちも、全部要らないってこと」

「なに……？」

「祓屋《はらいや》の仕事は私一人で成り立つし、それなら身ひとつで十分だもの。こうやって大きな拠点を構えて人を育てて……みたいなやり方、面倒だし、そもそも古いし」

さすがに、看過できない発言だった。

つまり、この女が当主になった暁には、天霧屋は拠点を失い、残った門下たちは居場所を失うことになる。

しかし、どんどん門下が減り続ける中でなお留《とど》まっている者たちは、そのほとんどが深い事情を抱えており、他に頼る人間はおらず行き場所もない。

もちろん全員が祓師としての資質を持つことは確かだが、あくまで修行中の身であるため、〝使えない〟という言葉を否定できる程の実力はない。

天馬の脳裏をふと、天霧屋の救いのない未来が過った。

ただ、それと同時に浮かんできたのは、女に対する大きな疑問。

「おい、……門下を育てず拠点も必要ないなら、なぜ天霧屋を狙う。他所《よそ》で勝手に祓屋をやっていればいいだろう」

疑問とは、まさにその問いの通り。

結局一人でやっていく気ならば、古いと散々貶《けな》しながらも、天霧屋をわざわざ手に入れようと考える理由がわからなかった。

一方、女にとっては意外な質問だったのか、すっかり脱力した様子で天馬の胸ぐらを放す。

「冗談でしょ……。血統書付きのお坊ちゃんって、そんなこともわかんないの……？」

「どういう意味だ」

「だからさ……、どんなに廃れても、陰陽師《おんみょうじ》系譜の天霧屋って名にはいろいろ特需があるわけ。たとえば悪霊祓《ばら》いに高額の報酬を提示してくるような権力者は、そういう家門にこだわって、野良の祓師なんて相手にしないの」

「……それは、つまり」

「財力や太客とのパイプは、家ごと貰《もら》わないとなかなか手に入らないってこと」

要は金目当てか、──と。

なんの誤魔化しもなく語る女の態度に、いっそ清々《すがすが》しさすら覚えた。

とはいえ、天霧屋の当主という肩書きが金目的に使われるなんて話はさすがに許容できず、天馬は女を睨《にら》みつける。

「そういうことなら、話が変わってくる。やはり、天霧屋をお前に譲るわけにはいかなくなった」

しかし女は怯《ひる》みもせず、むしろ大きな目を輝かせた。

「ようやく張り合いが出てきたね。ちなみにだけど、どういうことならよかったの？　現状維持のまま守れって？」

「それ以前に、お前がやろうとしていることは、乗っ取り同然だろ」

「そこのおじいちゃんは、それでもいいって言ってるけど？　お坊ちゃんに渡したところでどうせ終わるし、私に託して天霧屋の名前が残る方がまだマシだって考えたんじゃないの？」

「他人のお前が、どうせ終わるなんて決めつけるな」

「自分だって思ってる癖に。それに、昨日の醜態を見ちゃったら、決めつけたくもなるよ」

「確かに、……今の俺は弱い。……が、天霧屋を金儲《かねもう》けの屋号として残すくらいなら、意地でも阻止する」

「意地だけじゃ阻止できないよ」

「だとしても俺は――」

「――まあ、待て」

次第に激化する二人の応酬を遮ったのは、正玄だった。

天馬が壇上に視線を向けると、正玄はゆっくりと口を開く。

「確かに譲るとは言ったが、儂《わし》が今すぐに当主を退くというわけではない。実力を基準に、近々結論を出すつもりだ。それまで、存分に潰《つぶ》し合うといい」

正玄の口から潰し合えなどという言葉が出るなんて思いもせず、天馬は呆気《あっけ》に取られていた。

かたや女は慌てて壇上に上がると、正玄の両肩を揺らす。

「え、嘘でしょ、今すぐじゃないの？　いつ？」

「そう急《せ》かすな。儂はもう九十七だ。そう遠い話じゃない」

「え、まさか死ぬまで待てってこと？　見た感じ、あと五十年くらいは生きそうじゃん！」

「それではもはや悪霊と変わらんな」

「……そうなったら祓ってもいいんだよね？」

「――おい、女！」

我慢ならない会話につい声を上げると、女は振り返り、さも不満げに天馬を睨みつける。――そして。

「っていうか、さっきから女、女って、失礼でしょ。私には、真琴《まこと》っていう名前があるんだけど」

初めて、天馬の前で名を名乗った。

強い苛立《いらだ》ちを抱えている最中だというのに、そのときの天馬の心に浮かんでいたのは、凛《りん》とした美しい名だという素直な感想。

しかしすぐにその考えを振り払い、改めて真琴に視線を向けた。

「……苗字《みょうじ》は」

「偽名でいいなら、塚原《つかはら》」

「だから、真琴でいいって。そっちは本当だから」

「……胡散臭《うさんくさ》いな」

「よろしくね、お坊ちゃん」

「お前もお坊ちゃんはやめろ。俺の名前は──」

「いい、いい、大丈夫。雑魚《ざこ》の名前は覚えない主義だから。だって、覚えてもすぐに死ぬんだもの」

「…………」

あまりに失礼な物言いに、天馬は怒りを通り越して眩暈《めまい》を覚える。

しかし、正玄の演技じみた咳払《せきばら》いが響き、慌てて姿勢を正した。

真琴も渋々壇上から降りて天馬の横に座り、あぐらをかいて頬杖《ほおづえ》をつく。

あまりに酷《ひど》い態度だが、これ以上話を中断させるわけにはいかず、天馬は黙って前を向いた。

やがて本堂が静まり返ると、正玄は田所を近くに呼び寄せ、なにやら分厚い資料を受け取る。

そして、天馬と真琴に意味深な視線を向けた。

「とにかく、……各々思うところはあるようだが、天霧屋の後継者についての説明は以上とし、お前たちにはこれまで通り悪霊祓いの仕事をしてもらう。天霧屋の次期当主たる実力を見極めるには、それがもっとも手っ取り早いからな。というわけで、ここからは、新たな依頼の説明に移る」

正直、そう簡単に気持ちを切り替えられるような心境ではなかったけれど、正玄の言葉は絶対であり、天馬は言いたいことを押し殺して頷《うなず》く。

すると、正玄は資料を捲《めく》りながら、まるでさっきの衝撃発言などなかったかのように、いつも通り依頼の説明を始めた。

「今回の現場は、由比ヶ浜《ゆいがはま》だ。県警や鎌倉署に、人とは思えない不気味な女が現れるという通報が日々増えているらしい――」

正玄が語った依頼内容は、いわゆる、霊の目撃談の調査。依頼の中では、もっとも一般的であり、単純なものだ。

ちなみに、今回の依頼を天霧屋に持ってきたのは、元祓師で現公安の鹿沼。

依頼書には、目撃談が急激に増え、噂も広がりはじめているため、できるだけ急いでほしいと追記があるとのこと。

由比ヶ浜といえば、夏になれば海水浴客でごった返す、湘南《しょうなん》を代表する場所のひとつだ。

今はまだ三月と比較的人が少ない時期だが、にも拘《かかわ》らずすでに目撃談が多いとなると、早めに対処しなければ収拾がつかなくなってしまうだろう。

鹿沼はさぞかし困っているに違いないと、天馬はかつての同朋《どうぼう》のことを思う。

そんな中、真琴はさも物足りないといった様子で、眉間《みけん》に皺《しわ》を寄せた。

「で、被害状況は？」

普段、正玄の説明中に口を挟もうものなら、怒鳴られるか殴られるかの二択だが、正玄は眉《まゆ》ひとつ動かさずに首を横に振る。

「深刻な被害は、今のところない」

「え？……ないの？」

「……が、少し前までは目撃のみだった通報内容が、日を重ねるごとにより不穏なものに変化しつつあるらしい。今はまだ〝肩に触れられた〟や〝声を聞いた〟という程度のものだが、そういった変化を無視するのは危険だ。お前らも知っての通り、大人しかった霊がいきなり豹変《ひょうへん》し、無念の矛先を人に向けることは多々ある」

正玄の説明の通り、霊の変化については、祓師《はらいし》たちがもっとも注意を払うべき点と言える。

ほとんどの地縛霊や浮遊霊は、彷徨《さまよ》う中で自然に魂が昇華され消えていくものだが、中には、彷徨う中で逆に無念や怒りを増幅させていってしまう者も一定数存在するからだ。

それらこそまさに、天馬たちが祓《はら》うべき悪霊と呼ばれる類《たぐい》。

その変化を見過ごし放置してしまえば、いずれは手が付けられない程の強力な存在になり、しかも悪霊は力を付ける程に狡猾《こうかつ》になるため、容易に見つけられなくなってしまう。

昨晩天馬たちが遭遇した悪霊こそがその最たるものであり、長い年月をかけて人知れず力を増大させた、わかりやすい例だ。

そういった知識は祓師にとって基本中の基本だが、真琴は正玄の言葉を聞いてもなお不満げな表情を浮かべた。

「海なんて、そもそも悪霊の巣窟《そうくつ》でしょ？　いちいちそんな雑魚まで祓ってたら、キリがなくない？」

昨晩の悪霊を一撃で祓える程の実力を持つ真琴からすれば、まだ深刻な被害もないのに動くなんて非効率に感じるのだろう。

天馬は込み上げる腹立たしさを噛《か》み殺し、真琴の言葉を無視してゆっくりと立ち上がった。

「でしたら、今回の依頼は俺が。……昨日のような悪霊はそうそう出ないでしょうから、実力者には控えてもらい、こっちは数で稼ぎます」

やたらと含みを持たせた天馬の言葉に、正玄はどこか満足げに笑う。

しかし、頷く前に、真琴の方に視線を向けた。

「ところで真琴よ。天霧屋の当主争いに参加するということは、お前はうちに届いた依頼の中から祓う霊を選ぶということだな」

「うん？……まあ、実力を比べるってことなら、そうなるね」

「ならば、天成寺に滞在する必要があるだろう」

「そりゃ、その方が効率いいし。そもそも、しばらく放浪してたから、家がないってい
う」

「そうか。ならば、そうしなさい。ただし、その場合は当然家賃を納めてもらうが、い
いな？」

「は？……家賃？」

急に顔色を変えた真琴を見て、どうやら正玄も完全に言いなりというわけではないら
しいと、天馬は少しほっとしていた。

正玄は慌てる真琴に、威圧感のある笑みを浮かべる。

「お前は門下ではないのだから、当然だろう。本来なら、依頼の仲介費も請求すべきだ
と田所が――」

「は、払う！　家賃は払う。家賃だけは」

「そうか、それはなによりだ。ならば田所から請求させてもらうが、鎌倉の家賃相場は
なかなかのものだから、しっかり働いてくれ」

「なんか、嵌《は》められた感じがするんだけど……」

「頼んだよ、真琴」

「わかったって。……まあ、私が当主になってこの土地を売り払えば、結局戻ってくるわけだし……」

最後のひと言はかなりの小声だったけれど、どんな悪口も聞き逃さない地獄耳を持つ正玄が聞き逃すはずはなく、余裕の笑みを浮かべていた。

一方、真琴もただでは終わらないとばかりに、勢いよく立ち上がって正玄の正面に立ちはだかる。――そして。

「じゃあ、ちょうどいい機会だからこっちも交渉させてもらっていい？……金福《かねふく》、出て来て！」

突如、大声で誰かを呼びつけたかと思うと、障子がスッと開いてスーツ姿の中年の男が顔を出した。

男はずんぐりむっくりした体にいかにも仕立ての良いスーツを纏《まと》い、妙に胡散臭い笑みを浮かべて皆に一礼をする。

そして、ギョッとする田所を他所《よそ》に素早い動作で正玄の横に膝《ひざ》をつき、そつない仕草でニコニコと名刺を差し出した。

「真琴様のマネージャーをしております、金福と申します」

金福と名乗った男は、正玄が名刺を受け取るやいなや胸ポケットから電卓を取り出し、目にも留まらぬ速さで数字を打ち込みはじめる。

「では早速ですが、――前提として、真琴様が門下でないとなると、こちらに届いた依頼に対する真琴様の労働については、業務委託という扱いになるかと思います。よって、昨晩真琴様が行った悪霊祓いに対する報酬を請求させていただきたいのですが、金額はこちらでいかがでしょうか」

金福は唖然《あぜん》とする面々の前で早口でそう言うと、計算を終えた電卓を正玄の前に掲げた。

正玄はそれを見て一瞬顔を強張《こわば》らせたものの、とくに迷うことなく頷いてみせる。

「昨日は異例中の異例だった。……言い値で構わん」

「それはそれは、ありがとうございます。後ほど正式な請求書を準備させていただきます」

「……だが、普段の調査はそうはいかない。公安からの依頼は税金で賄われているぶん、報酬が低いからな」

「なるほど。でしたらそちらは利益の分配割合を設定するレベニューシェアとさせていただきたく、改めて配分率の交渉をさせていただけると」

「……了解した。それは田所とやってくれ。……ただ、言うまでもないが、報酬は出来高だ。真琴が手を出さなければ、一円たりとも払わん」

「当然、そのように理解しております」

「しかし、本人にはあまり安い仕事をやる気がないようだが」

「その点に関してはご心配なく。なにがなんでも、しっかり儲《もう》……働いていただきますので」

金福が満面の笑みで口にした返事に、真琴はわかりやすく嫌な顔をした。

天馬はそのやり取りを聞きながら、内心、ほんの少しだけ感心していた。

古いしきたりの中、世間から外れた場所で生きている絶滅寸前の祓師であっても、こうして報酬の交渉ができるマネージャーを付けることで、近年の風潮に漏れずフリーランスとして成立する例もあるのかと。

ただ、昨晩の真琴の、ビニール傘が汚れたくらいで文句を言う小ささや、かなり強引に天霧屋の〝財力や太客とのパイプ〟を獲《と》りに来た時点で、財政状況が潤っているとはあまり思えなかった。

一方で、マネージャーを名乗る金福はやけに肌艶《はだつや》が良く、袖《そで》からひと目見てわかる程に高価な時計を覗《のぞ》かせている。

余計な詮索《せんさく》だと思いながらも、天馬の頭には搾取という二文字が浮かんでいた。

「あの女、実力はともかくアホそうだからな……」

無意識に呟《つぶや》くと、真琴が耳ざとく振り返る。

「なんか言った？」

「いや、なにも」

天馬は目を逸《そ》らし、黙って正玄と金福の交渉が終わるのを待つ。

すると、間もなく話がついたのか、田所と金福が一緒に本堂を後にし、混沌《こんとん》としていた場がようやく静まり返った。

「……では、俺は由比ヶ浜に向かっても？」

天馬が立ち上がると、正玄が頷《うなず》く。

真琴はまだ渋っているのか動く気配がないが、もちろん天馬にも力を借りようなんて気はさらさらなく、先に本堂の出口へ向かった。

すると、蓮が慌てて追いかけてきて、天馬の袖を引く。

「ねえ、僕も行っていい？」

「お前が？」

「うん。話はよくわからなかったけど、天馬はあの真琴さんって人に勝たないといけないんでしょ？」

「まあ、……そうだな」

「僕は、天馬を応援してるよ。だから協力する」

「蓮……」

普段なら危険だからと断るところだが、天霧屋崩壊の危機が迫っている今、いつまでも過保護に守り続けるのも正しい判断とは思えず、むしろ成長させる良い機会かもしれないと、天馬は蓮の手を取る。

「……構わないが、勝手に動くなよ」

「大丈夫。邪魔しない」

「そういう意味じゃない。お前がいると助かる」

決して、喜ばせるための嘘ではなかった。

当の本人にはあまり自覚がないようだが、蓮は突然変異的に備わった能力がことのほか高く、中でも、霊の気配に対する鋭さがずば抜けている。

それは、今回の依頼のように目撃談が曖昧《あいまい》なときにはとくに重宝する特性であり、蓮がいてくれるのは天馬にとって明らかにプラスだった。

やがて本堂を出て山門を抜けると、すでに世話役が正面に車を用意しており、天馬を見てうやうやしくドアを開ける。

すっかり見慣れた光景だが、それを断るのもまた、いつも通りの流れだった。

「車はいい。歩いて行く」

「しかし、由比ヶ浜までは徒歩で一時間程かかりますが」

「まだ時間も早いし、それくらいは問題ない。何度も言ってるが、俺の外出に毎回車を用意する必要はないよ」

「いえ、私が叱られますので」

「……そうか」

天馬はこの世話役の顔を、このタイミング以外で見ることはない。

おそらく、天馬の専属の運転手として雇われているのだろう。

だからこそ、この男は契約期間満了まで自分の仕事を守るため、何度断っても必ず同じように車を用意する。

天馬としては、こういう明確な無駄は省いてもらいたいところだが、世話役たちの業務管理は田所が、しかも正玄の代理という名目で担っているため、口出しすることはできない。

しかし、天霧屋の未来が大きく変わりかねない状況にある今、天霧屋のあり方について考えてしまうのは当然であり、無駄を省くべきという真琴の考え方も一理あると、共感してしまっている自分がいた。

「——とはいえ、俺と真琴とでは無駄の基準が違いすぎる……。全部売り払われたら田所も路頭に迷うだろうに、当主はそれも納得しているのか……？」

考えていたことがつい口から零《こぼ》れ、蓮がふいに天馬を見上げた。

「それ、さっきの話でしょ？　真琴さんが当主になったらなにもかも終わりだって、みんながコソコソ話してたよ」

「……まあ、そうだな。ただ、その場合、天霧屋の名前は確実に残るだろうが」

「名前が残るって、どういうこと？」

「これまで繋《つな》げてきたものを、もっと先まで残せるってことだよ」

「残したら、どんないいことがあるの？」

「いいことか。……説明が難しいな」

「天馬は、名前が残ると嬉《うれ》しい？」

「嬉しいというより、……当然そうすべきというか、三善家の血を引いた者の責任というか……」

滅びゆく家業であるなどという本音は当然言えず、天馬はそれらしい言葉を並べて誤魔化す。

するとで、蓮は小さく首をかしげた。

「でも、中身が全部変わって名前だけ残った天霧屋って、ほんとに天霧屋なの？」

「…………」

七歳の発言にしては妙に芯《しん》を食っており、天馬は戸惑う。

冷静を装って「そうだ」と言うこともできたけれど、なんとなく、そのときはそんな気分になれなかった。

「……俺も、名前さえ残ればいいなんて思ってないよ。少なくとも、今すぐ真琴の手に渡ろうものなら、それこそ天霧屋は名前以外の全部を失う。それを阻止するために、こうして動いてるんだ」

「やっぱり、天馬が当主になればいいってことだよね」

「まあ……、実力だけが基準なら正直厳しいが……、それでも、抵抗しないわけにはいかないからな。ひとまず争う姿勢を見せて時間を稼いでいる間に、真琴との間で折衷案を模索できれば一番いいと思ってる」

「せっちゅう案？」

「天霧屋をどんな形で残すか、こっちの意見も聞き入れてもらうよう交渉するってことだよ」

「……それって、真琴さんが当主になってもべつにいいってこと？」

「…………」

痛いところを衝《つ》かれ、天馬はまたも動揺する。

このままでは隠すべき本音をすべて引き出されてしまいそうだと、子供の素直さと鋭さに恐怖すら覚えた。

「……一番いいのは、これまで通りの天霧屋を守れる強い者が当主になることだよ」

咄嗟《とっさ》に当たり障りのない答えを返したものの、蓮は不満げに頬を膨らませる。

「だから、僕はその〝強い者〟っていうのが天……」

「もういいだろ、その話は。……ほら、海が見えてきたぞ」

なかば無理やり言葉を遮ると、蓮はまだなにか言いたげながらも正面を向いた。

天馬には、様々な苦労をしてきた蓮が、海を見てはしゃぐような普通の七歳の感覚を持っていないことがわかっていたし、蓮もまた、引き際を察した様子だった。

微妙な沈黙が流れる中、天馬たちは少しずつ大きくなる潮騒《しおさい》に引き寄せられるように、砂浜に降りる。

夏場は近寄りたくもないくらいに人でごった返している由比ヶ浜も、三月の平日ともなると閑散としており、やけに広く感じられた。

辺りをざっと見回して確認できるのは、ジョギングや犬の散歩中の、地元の人間と思《おぼ》しき数人のみ。

ただ、そんな閑散とした中でも、砂浜に和服姿でやってきた天馬たちはさぞかし浮いているのだろう、時折視線を感じた。

実際、足袋《たび》に草履という足元は砂浜との相性があまりに悪く、すぐに足を取られる上、あっという間に袴《はかま》の裾《すそ》まで砂まみれになった。

「足、ザラザラして気持ち悪いね」

蓮が素直な感想を口にし、天馬は苦笑いを浮かべる。

「この恰好《かっこう》は、砂浜を歩くのにまったく向いてないからな」

「スニーカーじゃ駄目なの？」

「さすがに無理だろ」

「どうして？」

「……どうしてって」

これは祓屋《はらいや》の正装だからだ、と。

言いかけた瞬間に頭に浮かんできたのは、スウェットで悪霊祓《ばら》いをした真琴の姿。

これまではなんの疑問も抱かなかったけれど、あれほど軽装ならさぞ動きやすいだろうと、つい考えてしまっている自分がいた。

しかし、大昔からの決まりに疑問を呈してもどうせ無意味だと、天馬は歩きにくそうな蓮の手を強く握る。

そして、ようやく波打ち際まで進むと、足元が水で固まっているお陰で幾分歩きやすくなり、天馬はほっと息をついた。

しかしそれも束の間、蓮が突如立ち止まり、大きく瞳《ひとみ》を揺らす。

その反応から、おそらくなんらかの気配を感じたのだろうと天馬は察した。

しかし、辺りに集中してみても、今のところ天馬が気になるような気配はない。

「浮遊霊か」

尋ねると、蓮は小さく頷《うなず》いてみせた。

「……うん。……たくさんいるから、びっくりしただけ」

「海にはいろいろ集まってくるからな。大丈夫か？」

「まだ、……平気」

「無理するなよ」

天馬はそう言いながら、懐から手のひらサイズの羅針盤を取り出す。

それは三善家に代々伝わるもので、見た目は仰々しいが、要するにただの方位磁針だ。

ただ、天馬たちのように特殊な人間が持つことで針が霊の気配に反応するため、祓師の必須《ひっす》道具とされている。

見れば、針は不自然な揺れを続けており、蓮の言う通り、辺りに多くの浮遊霊がいることを表していた。

「多いが、どれも弱いな。通報された霊ではなさそうだ」

「……うん。普通の人に見える程の気配はないよ。……でも、なんだか、あっちの方にたくさん集まってきてる気がする」

蓮が指差したのは、砂浜の西側の先。

天馬は頷き、蓮とともにその方向へ向かいながら、やはり蓮を連れて来て正解だったと改めて思っていた。

なにせ、羅針盤では気配の流れまでは把握できず、しかし浮遊霊が集まる場所を辿《たど》れば、大概気配の強い悪霊が潜んでいるからだ。

天馬は蓮の反応を注意深く窺《うかが》いながら、ゆっくりと足を進める。――そのとき。

「天馬……！」

突如蓮が震える声をあげ、天馬の腕にしがみついた。

手元に視線を落とすと、羅針盤の針が不自然にぐるりと一周する。

悪霊の反応と考えるにはまだ少し弱いが、そこそこ気配の大きな霊が近くにいるようだと、天馬は周囲を警戒した。――瞬間、足元から伝わってきたのは、おぞましい程の冷気。

咄嗟に見下ろすやいなや、真っ黒に澱《よど》んだ両眼に捉《とら》えられた。

そこにいたのは、砂から首だけを出し、天馬を見上げている女の霊。

おそらく海で死んだのだろう、その顔は大きくむくんでおり、一部肉が削《そ》げ落ちて骨が露出していた。

こんなふうにむごい状態で現れる霊は、自殺や殺人など大きな無念を抱えて死んだ者に多く、さらに、死体がまだ見つかっていないなど、正しく供養されていない場合が多い。

自らが死んだことに気付かず、もしくは受け入れられずに、肉体が朽ちるまで魂が居座った結果、そのままの姿で彷徨《さまよ》うことになる。

見た目はかなり怖ろしいが、とはいえ、幼い頃から天霧屋当主となるべく育てられた天馬が怯《おび》えるような相手ではなかった。

「……まだ気配は弱いが、放っておくといずれ悪霊になりそうだな。なにより、日中堂々と現れる辺り、目撃された霊もこの霊かもしれない。……今のうちに祓っておくか」

天馬は少し考えた後、懐から呪符《じゅふ》を取り出した。

陰陽師《おんみょうじ》系譜の天霧屋は、元より仏道と神道の両方の影響を受けているため供養という概念があり、こういうときは僧侶《そうりょ》に任せるか祓うかの二択となる。

ただ、こんなに気配の多い場所ではあっという間に悪霊化しても不思議ではなく、天馬は悪霊祓いの呪符を手に、ゆっくりと祝詞《のりと》を唱え始めた。――そのとき。

「――いやいや、待って！　その人まだ全然大丈夫だから」

突如聞こえてきたのは、この状況にまったくそぐわない、緊張感のない声。

祝詞を中断して声がした方に視線を向けると、ある意味予想通りというべきか、天馬たちの方へ駆け寄ってくる真琴の姿が見えた。

真琴はパーカーにデニム、足元はビーチサンダルと相変わらずラフな恰好で、しかし寒いのか背中を丸め、手を擦《こす》り合わせている。

やがて、目の前まで来ると、依然としてのんき気な様子で両手に息を吹きかけた。

「ってか、寒くない？」

「……今はそれどころじゃない。邪魔するな」

「ってかあんたの足、砂でドロドロじゃん」

「……この季節に浮かれたビーチサンダルで来たお前よりはマシだろ」

「マシではないけど、これはこれで失敗したと思ってるよ」

「とにかく、下がっててくれ。こっちは今それどころじゃない」

天馬は真琴をあしらい、ふたたび足元の霊に視線を向ける。

しかし、改めて祝詞を唱えようとした瞬間、真琴は天馬の手からスルリと呪符を抜き取り、そのまま放り捨ててしまった。

砂浜に落ちた呪符はあっという間に波に攫《さら》われ、海へ引き込まれていく。

「……どういうつもりだ」

まさかの行動に、天馬は真琴を睨《にら》みつけた。

かたや真琴は悪びれもせず、天馬の足元の霊を指差す。

「だから、この人は悪霊じゃないし、祓う必要がないんだってば。まぁ見た目はちょっと怖いけど、全然大人しいじゃん」

「いちいち口を出すな。……そもそもお前、なにしに来た。今回の依頼には乗り気じゃなかっただろ」

「乗り気じゃないけど、金福が行けってうるさいから」

天馬はふと、正玄の前で、真琴にはしっかり働いてもらうと宣言していた金福のことを思い出した。

マネージャーとして、どこまでの口出しを許しているのかは知らないが、どうやら真琴はあの男の言葉は素直に聞くらしいと、天馬は少し不思議に思う。

「やたらと偉そうに振る舞っている癖に、お前、あの男の言いなりなのか」

「そりゃ、彼は敏腕コンサルタントだから。名刺にそう書いてあったし」

「名刺に自ら敏腕なんて書く奴、よく信用したな」

「自信満々でいいじゃない。それに、面倒な作業やら交渉やらを全部請け負ってくれるし、金福の言う通りにしてた方がいろいろと都合がいいの。……ともかく、早くその人を解放してあげてよ」

そう言われて視線を落とすと、霊は依然としてまっすぐに天馬を見上げたまま、動く気配はなかった。

しかし、今のうちに祓うべきという判断に変わりはなく、天馬は真琴を無視してふたたび新しい呪符を取り出す。

一方、真琴は即座にそれを奪い取ったかと思うと、ぐしゃぐしゃに丸めて天馬に投げ返した。

「お前……」

「いや、人の話聞いてよ」

「こっちは、邪魔をするなと言ってる」

「だからよく見なさいって。彼女はどう見ても悪霊じゃないでしょ」

「今はそうでも、すぐに変わるんだよ」

「そんなのまで祓ってたらキリないじゃん。だいたい、依頼の霊じゃなかったらどうすんの？　祓ったところで一円にもならないよ？」

「こっちはお前と違って、金に踊らされて動いてるわけじゃないんだ」

「金に踊らされてる人間の門下なんだから、同じでしょうが」

「……当主を侮辱するな」

「私は別に、金目的で動くことを悪いなんて言ってないし、むしろ生きる上では正しい行いだと思ってるけど？……逆に、居場所を与えられてる祓師は、ずいぶんのん気でお目出たいこと。ふわっと生きてる間にどんだけ搾取されてるか、一回計算してみた方が――」

「ふ、ふたりとも、もうやめてよ……！」

みるみる激化する応酬に割って入ったのは、蓮。

蓮は天馬の背後にぴたりと張り付いたまま、オロオロと目を泳がせていた。

天馬は途端に我に返り、ひとまず蓮の頭をそっと撫《な》でる。

「……悪い。すぐに終わらせる」

しかし、真琴はそのわずかな隙をついて短く祝詞を唱えたかと思えば、霊はあっという間に気配ごと消え去ってしまった。

足元には黒く変色した砂だけが残っており、天馬は真琴のあまりの素早さに驚愕《きょうがく》しつつも、怒りを露《あら》わにその腕を掴《つか》む。

「お前……！」

「祓《はら》ってないよ。一旦《いったん》追い払っただけ」

「そんなことを聞いてるんじゃない！」

「とにかく、他もいろいろ探した方がいいって」

真琴はそう言いながら、天馬の腕からスルリと逃れた。

その飄々《ひょうひょう》とした態度が、天馬の感情を余計に煽《あお》る。

「……余計な世話だ。そもそも、俺はお前にとって競合相手のはずだろ。いちいち関わってくるな」

「いや、まずもってお坊ちゃんごときを競合相手だなんて思ってないし、関わりたくなくても気になるのよ。たいして害のない霊まで祓おうとしてる祓師《はらいし》を見ると、効率が悪すぎてイライラするっていうか」

「それはさすがに聞き捨てなら――」

反論しかけた瞬間、蓮に着物の裾《すそ》を引かれて天馬は言葉を止めた。

途端に、こんな言い合いを繰り返しても不毛だと冷静になった天馬は、ひとまず乱れた着物の襟を直して蓮の手を引き、真琴に背を向けその場から離れる。

すぐに背後から、「どこ行くの？」と間延びした声が届いたけれど、天馬はそれをも無視し、ひたすら砂浜を歩いた。

やがて落ち着きを取り戻した頃に振り返ると、真琴の姿はもうどこにもなく、天馬はほっと息をつく。

しかし、集まっていた霊たちの気配もすっかり消えてしまっていて、羅針盤の針にもまったく反応がなかった。

「消えたな。……あれだけ騒げば当然か」

「なんにもいなくなったね」

「ああ、かえって不気味だ」

「ねえ天馬、さっきの霊って……」

「心配するな。あの場で取り逃したことは悔やまれるが、必ず祓う」

「でも、真琴さんはどうして止めたんだろう……。必要ないって言ってたけど、それって、あの霊が浮かばれるって思ってるってこと……？」

「さあな。どれだけ祓ってきたか知らないが、悪霊にもなっていない霊は眼中にないいんだろ」

「……そう、なのかな」

蓮はどこか腑《ふ》に落ちない様子だったが、それ以上なにも言わなかった。

そんな中、天馬の頭を巡っていたのは、真琴が口にしていた「ふわっと生きてる間にどんだけ搾取されてるか」という言葉。

もちろん、天霧屋に法外な報酬を出す依頼主がいることは知っているし、実際に祓っている門下たちがほとんどその恩恵に与《あずか》っていないことも、依頼を終えるたびに当主から渡される手当の額から嫌という程わかっている。

それでも、天馬はこれまで、天霧屋は職場ではなく、あくまで家族のようなものだからと自分に言い聞かせ、あまり深く考えないようにしていた。

当主の部屋に増えていく高価そうな骨董品《こっとうひん》の数々にも、ずっと見て見ぬフリをしながら。

そもそも天馬自身、実際に天霧屋が依頼主から受け取っている報酬額どころか、コストをはじめ経理状況がどうなっているのかすらまったく把握しておらず、文句を言える程の情報を持っていない。

結局のところ、自分は与えられた環境に全力で甘え続けてきたのだろうと、その代償が搾取だとすればある意味仕方がないのかもしれないと、最終的に行き着いたのは、情けなくもそういう結論だった。

「そう考えると、あいつは逞《たくま》しいよな。……もっとも、奴は奴で〝敏腕コンサルタント〟による搾取の匂いがぷんぷんするが」

思わず呟《つぶや》くと、蓮が瞳《ひとみ》を揺らす。

「真琴さんのこと？」

「ああ。実力は認めるが、いろいろ鬱陶《うっとう》しい。おまけにアホだ」

「でも僕は、……なんとなくだけど、あまり悪い人じゃないと思う」

「そんなわけあるか。奴は俺らの居場所を奪う気だぞ」

「それは、……そうなんだけど」

正直、強く否定した天馬にも、蓮の言葉がまったく理解できないというわけではなかった。

真琴を目の前にすると、苛立《いらだ》ちが込み上げる半面、奔放な振る舞いと空気を読まない発言に調子を狂わされ、同時に警戒心も緩んでしまう。

蓮に言った通り、自分たちの居場所を奪おうとしている相手であるとわかっていながら、それは困った事態だった。

もちろん、現当主である正玄が、真琴の存在を受け入れているという前提があってこそだけれど。

「……いや、あの女のことを考えるのはやめよう。時間がもったいない」

天馬はそう言って首を横に振り、ふたたび周囲の気配に集中する。

しかし、それ以降はどんなに探したところで、さっき真琴が逃した霊はもちろん、目立った気配が現れることはなかった。

結果、別の日に出直した方がよさそうだと、天馬たちは日が落ちはじめた由比ヶ浜を後にし、天成寺への帰路を辿《たど》る。

途中で眠そうにしていた蓮を背負ってようやく帰り着くと、本来は百人収容できるはずの宿舎はしんと静まり返っていて、途端に、門下がまた三人減ったという実感が湧いた。

玄関のすぐ横にある食堂には、世話役が用意した二人ぶんの食事がぽつんと残されていたが、熟睡している蓮を起こすのは忍びなく、そのまま部屋へと運ぶ。

ちなみに、宿舎の一階には食堂や風呂《ふろ》、集会所などの共同で使う設備があり、二、三階が祓師たちの自室となっているが、現在三階は使われていない。

元は天馬の部屋だけ三階にあてがわれていたが、掃除する世話役の手間を考えて天馬が二階に移り、後に閉鎖した。

天馬は階段を上りながら、三階へ通じる踊り場に置かれた「立ち入りを禁ず」という立て板を見て、このままではいずれ二階の奥半分もそうなるだろうと、密《ひそ》かに予想していた。

やはり、いずれは滅びゆく運命なのだと、天馬は改めて思う。

どんなに抗《あらが》っても、所詮《しょせん》時代に合っていないのだと。

現に強い祓師はどんどん減り、天馬に言わせれば、今やただ先頭を切って悪霊の餌食《えじき》になる役割でしかない。

ただ、そんな酷《ひど》く冷めた諦《あきら》めを抱く一方で、せめて最年少の蓮が大人になるまでは居場所を残してやりたいという思いは捨てられなかった。

少し前までの自分なら、そういった自分の中の矛盾も、跡継ぎなどの面倒ごとも、すべていっしょくたにして先延ばしにし、だましだまし日々をやり過ごすこともできただろう。

ただ、真琴が現れてしまった以上、そういうスタンスはもう通用しなくなってしまった。

天馬は背中にのしかかる大きなストレスを持て余しながら、蓮を部屋に送り届けた後、自分も部屋に戻る。

そして、布団に体を投げ出し、現実逃避をするかのようにそのまま眠りについた。

「――天馬、起きて……」

それは、夜中の一時を回った頃のこと。

天馬は蓮の呼びかけで目を覚ました。

重い体を起こすと、蓮がただならぬ様子で天馬にしがみつく。

「……どうした」

「なんか、……なんか、気配が」

「気配？」

「海で会った、女の人の霊の……」

途端に脳裏に浮かんだのは、由比ヶ浜で遭遇した、砂に埋もれた女の霊のこと。

慌てて枕元の羅針盤を手に取ると、針は不自然に揺れながら盤の上をゆっくり回っていた。

微々たる反応だが、強い結界が張られた天成寺の敷地内においては反応すること自体が異常であり、頭が一気に覚醒《かくせい》する。

「確かに、羅針盤も反応してるな。あのときの霊の気配で間違いないのか？」

「うん、間違いない……。けど、近くに来てるってわけじゃなくて、多分、昼よりも、気配が強くなってるような感じが、して……」

「……やっぱり悪霊化したか」

「わからないけど……、なんだか、すごく、怒ってるような」

蓮はそう言って、不安げに瞳を揺らした。

天馬には霊の気配から感情の機微まではわからないが、その点蓮は鋭く、その所見はいつも正しい。

海で不穏なことが起きているのだろうと、天馬は推測していた。

同時に、やはりあのとき祓《はら》っておくべきだったと強い後悔が込み上げ、天馬はすぐに立ち上がって支度をし、自室を出る。

蓮も慌てて後を追い、天馬に並んで階段を下りた。

「お前はここで待ってろ。さすがに危険だ」

「ううん、連れて行って……！　それに、僕がいた方が、早く気配に気付けるでしょ……？」

「だとしても、あの霊が今どんな状態になってるかわからない以上、守ってやれる保証がない」

「だ、大丈夫……。僕はもう、自分で結界を張れる」

蓮はそう言いながら、懐から呪符《じゅふ》を取り出して天馬へ見せた。

呪符とはすべての術の基盤となるもっとも重要な道具であり、悪霊を祓うことも結界を張ることもできるが、その威力の強弱は使う者の能力に左右される。

蓮は、最近になってようやく結界を張れるようになったばかりであり、到底悪霊に通用するような仕上がりではない。――けれど。

「……わかった。じゃあ、手伝ってくれ」

天馬の心の中にあったのは、昼間にも考えていた通り、過保護に守るよりもこれからは鍛えるべきだという思い。

もちろん、天霧屋が崩壊した後に蓮が祓師《はらいし》になることを想定しているわけではないが、天馬がしてやれることは、それ以外になかった。

蓮は大きく頷《うなず》くと、瞳にわずかな恐怖と強い決意を滲《にじ》ませ呪符を仕舞う。

その様子は、かつて父親に憧《あこが》れを抱いていた頃の自分を彷彿《ほうふつ》とさせた。

「……俺のような目に遭わせるわけにはいかないな」

込み上げたままに呟くと、蓮がキョトンと首をかしげる。

天馬は小さく首を横に振り、蓮を連れてこっそりと宿舎を出ると、山門を出てすぐ横にある駐車場へ向かい、一番手前に停めてあった当主専用のベンツに乗った。

緊急時にいつでも動かせるようにという配慮から鍵《かぎ》はかかっておらずグローブボックスに入れっぱなしになっている。天馬は蓮が助手席に乗るやいなやエンジンをかけた。

普通に考えればかなり不用心だが、人の目を避け、地図にも載っていないこんな場所まで盗みに来た者は今のところおらず、そもそも盗《と》られたところでたいした痛手でないことは、次々と入れ替わる車種や、野晒《のざら》しに停められている雑な管理状態が物語っていた。

天馬は車を発進させ、急いで由比ヶ浜へと向かう。

そして、ものの十分程度で到着すると、海岸沿いに車を停めて砂浜へと降り、早速、胸騒ぎを覚えた。

「……異様だな」

伝わってくるのは、まだ三月だからという理由では説明できないくらいの、不自然に冷えきった空気。

それは、いわゆる霊障と呼ばれる、霊の気配が近いときに起こる不可解な現象のひとつだ。

ただ、悪霊が近くにいると考えるには、少し弱いように思えた。

羅針盤を見ると、針はさっきと比較にならない速さでぐるぐると回っているものの、それでもやはり弱い。

おそらく、まだ悪霊になりきれていないのだろうと、天馬はひとまずほっと息をついた。

「幸いまだ苦労なく祓えるレベルだが……、気配が急激に変化したことを考えても、早めに見つけた方が良さそうだな」

そう言うと、蓮も小さく頷く。

しかし、その顔は酷く強張《こわば》っていて、天馬はわずかに違和感を覚えた。

「どうした？」

「なんか……、泣き声が聞こえた気がして……」

「泣き声？」

そう言われて耳を澄ましてみたもののなにも聞こえず、おそらく小さな浮遊霊たちが、気配に敏感な蓮の気を引こうとしているのだろうと天馬は思う。

「海は気配が集まりやすい上に、今はもっとも活動する時間だ。しかもお前は敏感だから、からかわれやすい。余計な霊が寄って来ても全部無視して、視えても目を合わせるなよ」

「わ、わかった……」

「辛《つら》かったら、結界を張ってやるから」

「……だ、大丈夫、自分でやる。それに、結界を張ったら気配がわかりにくくなるんでしょ？」

「よく勉強してるな」

「それは、……天馬の役に立ちたいから」

怯《おび》えながらも気丈に振る舞う蓮を逞《たくま》しく思うと同時に、普通の子供なら必要のない苦労を背負わざるを得ない宿命が、不憫《ふびん》に思えてならなかった。

生まれたときから天成寺で育った天馬にはそういった苦労がなく、親にすら気味悪がられたという蓮の心の傷は計り知れない。

今でこそ天成寺での生活にすっかり馴染《なじ》んでいるが、預かった当時の蓮は、誰に対しても、常に子供らしくない引きつった笑みを浮かべていた。

まるで、もう誰にも拒絶されたくないと訴えているかのように。

「一応言っておくが、お前は俺の仲間だよ。役に立とうが、立つまいが」

「うん」

「だから、怖いことがあっても隠さなくていいからな」

「……うん」

頷きながら、蓮は天馬の手をぎゅっと強く握る。

天馬はそれを握り返し、波打ち際の方へ足を進めた。

霊障は海に近寄るごとに強まり、次第に、漂う気配の数も増えていく。

やがて、気配だけに留《とど》まらず、辺りをふらふらと彷徨《さまよ》う不自然な影も目立ちはじめた。

見る限り、祓う必要のない浮遊霊ばかりだが、目が合った途端に豹変《ひょうへん》することは多々あり、天馬はただまっすぐ前を向いて気配を探る。

しかし、他の気配があまりにも多いせいか、なかなか目的の霊の場所を定めることができなかった。

「いっそ、弱い霊を一気に追い払うか……」

次第に焦りが込み上げる中、ふと頭に浮かんだのは強引な手段。

そういった方法は静かな霊の感情までも煽《あお》りかねず、できるだけ避けるべきとされているが、切羽詰まった状況の中、目的の霊が悪霊化するリスクの方がよほど深刻だと天馬は考えていた。

結果、天馬は懐から呪符を取り出し、気配の弱い霊だけを避ける結界を広範囲に張るべく、祝詞《のりと》を唱えはじめる。――そのとき。

突如、すぐ近くから、まるで濡《ぬ》れた砂を掘り返すかのような、ボコッという奇妙な音が響いた。

咄嗟《とっさ》に視線を向けるやいなや、思わず祝詞が途切れる。

それも無理はなく、天馬のほんの数メートル先の砂の上には、女の頭部が突き出していた。

その姿は昼に見たままであり、天馬はついに現れたと、呪符を握り直して女の霊の方へ向き直る。

かたや女の霊は天馬ではなく、明らかに蓮の方をまっすぐに見つめていた。

「て、天馬……！」

蓮もそれを察したのだろう、震える声で天馬の名を呼ぶ。

天馬は即座に蓮を背中に庇《かば》いながら、おおかた、昼に遭遇したときに蓮に目を付けたのだろうと推測していた。

子供はまだ精神が成熟していないため、心を侵食するのが容易だからだ。

つまり、肉体を欲しがる類《たぐい》の霊は、大概、子供を狙う。

「蓮、離れるなよ」

「あの霊、こ、こっちを、向いて……」

「見るな、大丈夫だから」

そうは言っても、女の霊のあまりに痛ましい姿は子供に耐えられるようなものではなく、蓮は頷きながらも全身をガタガタと震わせていた。

この状況ではあまり時間をかけられないが、女の霊の気配は数時間前とは段違いに大きくなっており、とても一筋縄ではいきそうになかった。

普通ならそんなことはあり得ず、天馬の心の中では、いったいこの霊になにが起きたのだろうと疑問が膨らむ。

しかし、考えている間にも霊障によって辺りの気温はみるみる下がり、全身が冷え固まっていった。

そんな中、女の霊はゆっくりと首を動かし、突如、砂の中からボコッと両手を出す。

「……っ」

昼にはなかった動きに警戒し、天馬は咄嗟に一歩下がった。

すると、女の霊は骨が露出した指を鉤《かぎ》のように砂に突き立てながら、ゆっくりと這《は》い出て来る。

水で膨張した体は砂に抉《えぐ》られ、動くごとに肉が削《そ》げ落ちていった。

その姿はとても見ていられず、天馬は、一刻も早く祓《はら》うべく祝詞を唱えはじめる。——しかし。

「天馬っ……！」

蓮の悲鳴が響き渡ると同時に、たった今まで目の前にいたはずの女の霊が、視界から消えた。

混乱した天馬は、慌てて周囲を確認し、——思わず息を吞《の》んだ。

女の霊はいつの間にか天馬の背後に移動しており、うつ伏せになった体の下には、蓮の体があったからだ。

駆け寄りながらも、あまりに一瞬の出来事に天馬は混乱していた。

近寄って蓮に手を伸ばしたものの、蓮の体は女の体に押し潰《つぶ》されるようにして、みるみる砂に埋もれていく。

「て、ん……」

「蓮！」

このままでは窒息してしまうと、天馬は無理やり冷静さを保ち祝詞を唱えはじめた。

――瞬間、海の方から突如伝わってきたのは、過去に経験がない程のおぞましい気配。

これは間違いなく悪霊だと、察した途端に体が強張り、手から呪符《じゅふ》がひらりと落ちた。

身動きが取れず、それどころか声すら出せず、天馬の思考は真っ白になる。

それらは霊障に耐性のある天馬であってもどうにもならないくらいに強力であり、抗《あらが》おうとすればする程に体が震え、ただ無駄に気力と体力を消耗する一方だった。

そんなときにふと頭を過《よぎ》ったのは、やはり、父親が悪霊に殺されたときの記憶。

まるで昨晩の再現のように、自分の死に方も結局父親と同じなのだと、頭の中をまったく同じ思考が巡りはじめる。――けれど。

昨晩と今日とでは、今まさに蓮の命が危険に晒《さら》されているという、深刻な違いがあった。

だからこそ、かつてない程の最悪な状況に追い込まれていてもなお、悲観的な考えに呑まれて運命を受け入れるわけにはいかなかった。

天馬は慌ててネガティブな思考を頭から追い出し、全気力を振り絞って霊障に抗い、海の方から伝わる強い気配の方へ視線を向ける。──瞬間、全身にゾクッと悪寒が走った。

「なん、なんだ……、これは……」

ようやく出た声は、絶望で震えていた。

それも無理はなく、天馬の視界に映っていたのは、月明かりに照らされた、夥《おびただ》しい数の人の腕。

それらは海のいたるところから突き出し、続々と増え続けていた。

大きく広げられた手のひらから、触れるものすべてを海に引き込もうと言わんばかりの強い悪意が伝わってくる。

普段は凪《な》いでいる海面がその一帯だけ不自然に荒れており、酷《ひど》く禍々《まがまが》しい気配を放っていた。

正直、この状況を処理するのは容易ではなかった。

なにせ、こうも強力な悪霊がこんな近くに、しかも二日連続で現れるなんて、天霧屋に大昔から引き継がれてきた悪霊祓いの記録の中ですら、一度も目にしたことがなかったからだ。

いったいなにが起きているのだと、天馬は不気味な海の様相を呆然《ぼうぜん》と眺める。──しかし。

「て、ん……」

背後からかすかに聞こえた蓮の声で、たちまち我に返った。

そして、海の悪霊の方が明らかに危険ではあるが、今は蓮を助け出すことが先決だと、天馬は霊障に抗い懐から呪符を取り出す。

「蓮、……もう少し、耐えて、くれ……」

声をかけたものの返事はなく、もうあまり時間が残されていないことは考えるまでもなかった。

ただ、身動きが制限されているこの状況では、焦るばかりで祝詞を唱えることすらままならない。

蓮を捕まえている女の霊は、体さえ動けば祓える相手だとわかっているのに、どうにもできない自分がもどかしくてたまらなかった。

しかし、今投げやりになったらすべてが終わりだと、天馬は冷静な思考を取り戻すため、拳《こぶし》を強く握る。

爪が食い込んだ手のひらからじわりと血が滲《にじ》み、突き抜ける痛みが、思考をほんの少しだけクリアにした。

「まずは、この霊障を、なんとか……」

ちなみに祓師《はらいし》の界隈《かいわい》では、霊障の影響を受けるか否かは、個々が持つ精神力が大きく関わるとされている。

よって、祓師たちが日常的に行っている修行の目的は、精神力を鍛えるというただ一点にあるといっても過言ではない。

どんなに高い霊能力を持っていようと、悪霊を前に身動きが取れなくなれば詰んでしまうからだ。

「……散々、無茶な修行を、させられてきただろ……」

天馬は、これまで散々受けてきた正玄の半パワハラ的指導を思い浮かべながら、さらに拳を強く握って心の中で祝詞《のりと》を唱える。

この絶望的な状況の中、恐怖や焦りや混乱といった心の隙を潰していく作業は簡単ではなかったけれど、この危機を切り抜ける可能性はそこにしかなく、天馬はひたすら集中を続けた。——そして。

「動、け……！」

渾身《こんしん》の力を込めてそう口にした途端、——フッと、体を拘束していた力が緩んだような感覚を覚える。

完全にとはいかないが動くには十分であり、天馬は改めて呪符を取り出すと、まずは蓮を救うため、女の霊に的を絞った。

しかし、女の霊は蓮の体に両手両足をしっかりと絡めたまま、すでに体の半分が砂の中へと埋まっている。

「蓮……！」

蓮の姿はほとんど見えず、天馬は反射的に足を踏み出した——瞬間、背後から、突如袴《はかま》の裾《すそ》を強く引かれた。

今度はなにごとかと視線を向けると、さっきまで海面に漂っていたはずのたくさんの腕が砂浜から伸び、天馬の動きを妨害している。

あまりの力に振り払うことはできず、ふと辺りを見回すと、夥しい数の腕が海から砂浜へ続々と這い上がってきており、しかもそれらは天馬を通り過ぎてまっすぐに女の霊の方へと向かっていった。

悪霊の狙いもどうやら蓮らしいと、全身からサッと血の気が引く。

女の霊ならまだしも、こんな悪霊の手に渡ればまだ七歳の蓮はどうなるか、想像しただけで全身に震えが走った。

もはや一秒の予断も許されない中、天馬の頭に浮かんでいたのは、女の霊に蓮を解放させるための手段。

天馬は動けないため祓うことはできないが、祝詞によって少しでも女の霊の動きを封じ、その隙に蓮自ら脱出させるというのが、今考え得る中で唯一可能性のある方法だった。

ただし、それを成功させるには、まだ蓮が意識を保っていることが前提となり、さらに逃げる気力を残していなければならない。

可能性は微妙だが、迷っている暇はもうなく、天馬は女の霊へ向けて祝詞を唱えはじめた。

途端に女の霊はビクッと体を震わせ、小さく唸《うな》り声を上げる。

効いていることは確かだが、想定よりも反応が弱く、天馬の心にみるみる焦りが広がっていった。

そうこうしている間にも、海から押し寄せる悪霊の腕はあっという間に女の霊に迫り、もはや蓮が解放されるのを待ち構えているかのように周囲を囲う。

もちろん蓮を悪霊に奪われては意味がなく、天馬は引き続き祝詞を唱えつつ、今度は蓮が無事に逃げるための時間稼ぎの方法を頭に巡らせていた。

とはいえ、ここまで追い込まれた中で浮かんでくるのは、自分が盾になるという最終手段のみ。

もはや死は避けられないだろうとわかっていたが、普段から常にそうなることを想定して生きてきたぶん、躊躇《ためら》いはなかった。

天馬は、自らを餌に悪霊たちの注意を引く方法を頭に巡らせながら、女の霊の下の蓮に向かって、どうか無事に逃げてくれと祈りを込める。――そのとき。

「ああもう！　そっちじゃないって言ったのに……！」

突如響き渡ったのは、今だけは聞きたくなかった鬱陶《うっとう》しい声。

咄嗟《とっさ》に視線を向けると、怒りを露《あら》わにズカズカと近寄ってくる真琴の姿があった。

「お前、また邪魔を――」

最後まで言い終えないうちに、みぞおちに真琴からの重い一撃が入り、天馬は膝《ひざ》から崩れ落ちる。

あまりの威力に呼吸すらままならず、今は争っている場合ではないと反論することもできなかった。

一方、真琴は迫り来る悪霊には目もくれず、天馬の胸ぐらを掴《つか》んで間近から睨《にら》みつける。そして。

「まじで、日本一馬鹿なの？」

小学生のような悪態をつき、いまだ苦しんでいる天馬の胸元に容赦ない蹴《け》りを入れた。

天馬は背後に大きく倒れ、危うく途切れそうになった意識を必死に繋《つな》ぎ止める。

かたや、真琴は一旦《いったん》女の霊に迫るも祓《はら》うことなく、どこから持ってきたのかサップのパドルを手にし、まっすぐに海の方へ向かいながら天馬に鋭い視線を向けた。

「あんたはそのままステイ！　動くな、祓うな、余計なことを考えるな！　いい⁉」

真琴はそう言い放つと、ザブザブと海の中へ入っていく。

よく見れば、真琴の恰好《かっこう》は短パンにラッシュガードと、まるでこうなることを想定していたかのごとく、完全な海仕様だった。

やがて、真琴が海の闇に消えゆくにつれ、砂に上がってきていた数えきれない数の腕も、その後を追うように海へと戻っていく。

天馬はわけがわからずその光景を呆然と眺めていたが、ふと蓮のことを思い出して我に返り、みぞおちと胸の痛みをいまだ引きずったまま、女の霊の方へ向かった。

禍々《まがまが》しい気配を放つ腕が一斉に海に引き揚げたせいか、霊障はずいぶん弱まっていたけれど、蓮を捕まえたまま砂に埋《うず》まる女の霊は、依然として異様な空気を放っている。

天馬は即座に呪符《じゅふ》を取り出し、――ふと、動きを止めた。

決して、祓うなという真琴の忠告に従ったわけではない。

ひとまず最悪の状況から脱し、少し冷静になって改めて目にした女の霊の印象が、少し違って見えたからだ。

さっきは、蓮を砂の中へ連れ込む気だと思って焦ったけれど、見れば、蓮は首から上を砂から露出させ、意識こそないもののどこか穏やかな表情を浮かべている。

さらに、女の霊は片方の手で蓮の頭をしっかりと支え、その仕草には我が子を守っているかのような雰囲気すらあった。

「どういう、ことだ……」

悪霊になりかけた霊を前にして奇妙ではあるが、少なくとも、ただちに蓮の命を奪いそうな気配はなく、天馬は困惑する。

ただ、改めて考えてみれば、仮にも正玄の信頼を得ている真琴が、子供の命をみすみす犠牲にするような判断をするとも思えなかった。

おそらく、真琴はさっきの一瞬の間に、蓮が安全であることを察したのだろう。

だとするなら、頑《かたく》なに天馬に「祓うな」と言っていたことにも、なんらかの理由があると考えるのが自然だった。

とはいえ、危険な霊は即座に祓うものとして育った天馬には理解できないことだらけで、勝手な推測を信じて安堵《あんど》することも、逆に逆らうこともできずに、ただ呆然《ぼうぜん》と立ち尽くす。――そのとき。

海の方で突如閃光《せんこう》が走り、大波が崩れるような激しい音が響いたかと思うと、砂浜になにかの塊が次々と降り注いだ。

これはなにごとかと、天馬は咄嗟に自らの体で蓮を庇《かば》いながら、砂に落ちた物体のひとつを手に取る。――瞬間、思わず息を呑《の》んだ。

真っ先に目に入ったのは、塊の中から突き出した、白い骨。

これは朽ちた肉と骨だと、――つまり人体の一部だと理解した途端に全身にゾッと寒気が走るが、それは間もなく天馬の手の上で霧と化し、空気に紛れるように消えてしまった。

辺りを見回すと、同じく砂浜に降り注いだすべてが次々と、砂に窪《くぼ》みだけ残して跡形もなく消えていく。

同時に、さっきまで濃密に漂っていた悪霊の気配もまた、なにごともなかったように消失した。

いったいなにが起きたのか、前の自分なら想像もつかなかっただろうと天馬は思う。

しかし今はもうある程度予想ができてしまっていて、ふと海の方へ視線を向けると、サップのパドルを手に、颯爽《さっそう》と駆け寄って来る真琴の姿があった。

「お前……、この一瞬で、あの悪霊を祓ったのか」

尋ねると、真琴はあっさりと頷《うなず》く。

「祓ったよ。海で死んだ人の霊が寄り集まって悪霊化して、もうどうにもならなかったから、パドルで強引に散らしたところ」

「そんな、ただのパドルで……」

「さすが、水の中で扱いやすいよう上手《うま》く出来てるよね。派手にやっちゃったから、残骸《ざんがい》がこっちまで飛んできてたでしょ？」

そう語る真琴には疲れた様子ひとつなく、砂にパドルを突き立てると、ぐっしょりと濡《ぬ》れたまとめ髪を両手で絞った。

すっかり一件落着の空気だが、天馬としてはそうはいかず、女の霊を指差す。

「それで、……こっちは、どうする気だ」

すると、真琴はなにかを思い出したかのように何度か頷き、短パンのポケットに手を突っ込んだ。

「こっちも平気。かろうじて無事だったから」

「無事……？　なんの話だ」

「これだよ、ほら」

そう言いながら真琴が手のひらを開くと、そこに載っていたのは、小さく光るなにか。

それは蛍のようにふわりと宙に舞い、ぎこちない動きで女の霊の方へと吸い寄せられていった。――瞬間、暗く澱《よど》んでいた女の霊の両眼に、かすかな光が宿る。

そして、ゆっくりと砂から這《は》い出ると、近寄ってきた光を迎えるかのように両腕を伸ばした。

光はふわふわと両腕の中へ向かい、やがて、わずかに光を広げる。

同時に、骨が剝《む》き出しになり酷《ひど》く痛ましかった女の霊の姿は、まるで生きている人間さながらに美しく蘇《よみがえ》った。

女の霊は愛《いと》しげに光を抱きしめ、そっと頰擦りをする。

その光景を呆然と見つめる天馬の横で、真琴がほっとしたように息をついた。

「あの光るやつは、あの人の子供の魂だよ。ちっちゃいカケラしか残ってなかったけど、まだ幼いから悪霊に捕まっても汚れずに済んだみたい」

「子供の、魂……？　どういうことだ……」

「え、わかんないの？……こんだけ説明しても？」

「わからない。……教えてくれ」

「…………」

真琴はおそらく、天馬を苛立《いらだ》たせようとあえて煽《あお》る言い方をしたのだろうが、今の天馬はとてもそんな気分にはなれなかった。

心の中を占めていたのは、無力感と、圧倒的な敗北感。

真琴は張り合いがないとばかりに肩をすくめ、渋々口を開く。

「この人の子供、海で死んだんだよ。多分、死体が揚がらなかったんだと思う。だから、この人は心の整理ができずに、後を追って海に入ったの」

「自殺……」

「そう。だけど、そんな無念と悲しみに呑まれたまま浮かばれるはずもなく、子供を捜し続けて彷徨《さまよ》ってるうちに……、蓮くんだっけ？　を、見つけたんだと思うのよ」

「蓮を自分の子供と間違えたってことか」

「いやいや、母親が子供を間違えるわけないじゃん。単純に、蓮くんは気配が特殊だから目立っていて、自分の子供と重ねて放っておけなかったんだと思う。多分、その瞬間から、守ってあげなきゃっていう思いが膨れ上がって、一時的に気配が膨張してたんだよ。だってこの海には、さっきの悪霊が巣くってたしさ」

「まさか、霊が、蓮を守ったってことか？　いや、……待て、その前に、さっきの悪霊が、この海に巣くってただと……？」

「そう、ずっと鳴りを潜めていたみたいだけど、数日前から急に暴れ出して……って、まさか気付かなかったの？」

「…………」

「嘘でしょ」

由比ヶ浜が生活圏内である天馬には到底信じ難い話だったが、実際に目にしてしまった以上、反論のしようがなかった。

天馬は一度深呼吸をして無理やり混乱を鎮め、ふたたび真琴と目を合わせる。

「……というか、なんでお前に霊の過去のことがわかるんだ」

「なんでって……」

続けざまの問いに、真琴は心底面倒臭そうだった。

天馬もまた、正玄や父親以外にこんな疑問をぶつけたことなどない。

悪霊祓《ばら》いに関しての知識は十分すぎる程持っていると思っていたし、現に、自らの知識不足を自覚するような出来事に直面したことがなかったからだ。

しかし、今日に関しては、目の前で起きたことのほとんどが、天馬には理解できなかった。

答えを待っていると、真琴は脱力したように溜《た》め息をつく。——そして。

「むしろ、なんでわからないの?」

苛立った口調で、逆に質問を返した。

「どういう意味だ。普通に考えて、知りようがないだろ……」

「知りようがない?……いや、知ろうとしてないだけでしょ。あんたは、すべてを気配だけで判断して、問答無用で祓いまくってるだけ」

「危険な気配なら、祓うのは当然だ」

「うわ、名家のお坊ちゃんはこれだから嫌いだわ……。なんか、日本から祓屋《はらいや》が滅びつつある理由がわかった気がする」

「……皮肉はいいからはっきり言え」

「じゃ言うけど、悪霊だって、元は人間なんだよ」

そんなのは当たり前だと言いかけた瞬間、ふと女の霊の姿が目に入り、思わず言葉が止まった。

女の霊はただ静かに子供の魂を抱きしめ、一度は悪霊になりかけていたというのに、すでにその気配に危うさはまったくない。

それどころか、姿はすっかり薄くなり、浄化に向かっているようにすら見えた。

おそらく、こんな形であっても、捜し続けた子供との再会が叶《かな》ったお陰なのだろう。

途端に、天馬の心の中で、自分がこれまで信じて疑わなかったものがわずかに綻《ほころ》んでいくような、なんとも言えない不安を覚えた。

「悪霊にも普通に生きていた時代があって、あんたと同じく感情もあるわけ。この人はギリ大丈夫だったけど、悪霊になるにはそれ相応の理由があるの」

「そんなことはわかって……」

「――ない。あんたには寄り添う気なんてさらさらなくて、救える可能性を一ミリも考えてない。現に、過去を知ろうともしてないんだから」

「だから、どうやって……」

「なにもかも教えてもらおうなんて甘いのよ。それに、頭でっかちの祓師に必要なのは、知識よりも経験でしょ」

「…………」

腹立たしくも言い返せず、なんだか眩暈《めまい》を覚え、天馬はその場に座り込む。

すぐ傍には砂に埋もれて眠る蓮の姿があり、天馬はその頰に触れ、砂をそっと払った。

さすがに今の天馬には、真琴が女の霊を祓うなとしつこく言っていた理由がわかる。

真琴には、子供の魂が無事であるという根拠があり、それを救い出すことで女の霊が浄化することや、それどころか蓮を我が子と重ねて守ろうとすることまでも、すべて想定していたのだろうと。

かたや天馬には、どれひとつとっても到底考えが及ばないことばかりだった。

「お前の能力も、知識も、俺とは桁違《けたちが》いだ。……とても敵《かな》わない」

力なく呟《つぶや》くと、真琴はさも鬱陶《うっとう》しそうに手で額を覆った。

「そりゃ、敵わないだろうね。じゃ、負けを認めて当主争いから降りる？」

「……それは」

「一応言っておくけど、天霧屋を私一人でやるってのは脅しじゃないよ。あんたが抗《あらが》わないなら、あのおじいちゃんが当主を降りた途端に門下は全員解散。なにせ、今回のことで天霧屋の最低な未来が見えたし。……まあ、別によくない？　お坊ちゃんにだって、別にたいしたやる気もないんでしょ？」

「……やる気、か」

「その有様で、まさかあるなんて言わないよね？」

「というか、……確かに俺は、祓屋はいずれ滅ぶべき商売だと思ってきた。……俺には正直、守るべき〝世の中〟ってものが、ピンとこない」

「……なに、急に」

冷ややかな真琴の反応を受けながら、確かに自分はいったいなにを語っているのだろうと、心の奥の方では妙に冷静に考えていた。

けれど、さっき生まれた心の綻びの隙間から、留《とど》めておけない様々な感情が勝手に溢《あふ》れ出し、自分では止めることができなかった。

「……世の中から大きく外れている俺のような人間に、世の中を守るべき気概を持てなんて無理だろう。正直、なんの感情も湧かない。これまで数々の悪霊を祓ってきたが、いつもただ虚《むな》しいだけで、良かったと思えたことはない。むしろ、大切なものを失ってばかりだ。……年々、祓屋なんて滅びるべきだという気持ちが確かなものになっていってる。……にも拘《かかわ》らず、今の俺はなにもせず、いろんな言い訳を並べて流れに身を任せているだけだ」

みっともないと思いながら口にした告白に、真琴は、一度も相槌《あいづち》を打たなかった。

おそらく聞いてもいないのだろうと、別にそれでも構わないと天馬は思う。――しかし。

「祓屋を滅ぶべき商売にしてるのは、あんた自身じゃん」

ぽつりと返された言葉で、天馬は思わず顔を上げた。

「は……？」

「悪霊も人間だってわかっていれば、もっと救いのある商売だと私は思うよ。あんたもあんたの仲間もいずれは死ぬんだし、中には、死んだ後の方がずっと長い人もいるだろうし」

「……それは、どういう」

「だから、全部聞こうとしないでってば。そもそも、あんたが当主争いを降りる宣言しない限り、私たちはライバルなんだから」

真琴の言葉の端々が確かに心に刺さっているはずなのに、凝り固まった考えがしっかりと染み付いている天馬には、理解するのに時間が必要だった。

「……じゃ、帰る」

固まったまま返事をしない天馬に、真琴はひらひらと手を振って背を向ける。

「……待て」

なかば衝動的に手首を摑《つか》むと、真琴はうんざりした表情を浮かべ、天馬に冷たい視線を向けた。

「いや、待てないんだってば……。見てわかんないの？　寒いのよ。この時季に海に入って、こっちは凍えそうなの」

「……着替えは」

「忘れた」

「忘れた……？　その恰好《かっこう》じゃ、寺を出た時点ですでに寒かったはずだろ。……やっぱりアホなのか、お前」

「あんたにだけは言われたくない」

「まあ……、今日に限っては、言い返せないな。俺の方がアホで、おまけに間抜けだ」

すっかり平常通りの憎まれ口を叩《たた》く真琴に、天馬は自分の羽織をバサッと投げつける。

真琴はキョトンとしながらも、即座に袖《そで》を通した。

「いいの？　返さないよ？……なんかこれ、高く売れそうだし」

「いいよ」

「いいのかよ」

「あと、……一応言っておくが、俺は当主争いを降りない。というより、今は仲間のために降りられない。……でも、お前を見ていたら、そういう言い訳じゃなく、自分が納得できるような理由がほしくなった」

「……なに？　どういう意味？」

「俺にもまだわからん。ただ、今後、お前の祓屋としての考えや悪霊との向き合い方を知るうちに、わかるような気がする」

「……なにそれ。なんか、私がすごく迷惑を被りそう」

「こっちも散々迷惑を被ってるんだから、お互い様だろ。……それに、これはまだ自分の中でも上手《うま》くまとまっていないが……、俺はこれまで、重要なことを見過ごしていたような気がするんだ。お前のせいで、今日、突然そう思った。それがなにかを、ちゃんと知りたい」

「私のせい？　お陰じゃなく？」

「お陰……、と、言ってもいいのかもしれない」

「肯定されたらされたで気持ち悪……」

「とりあえず、もう帰れ。……風邪ひくなよ、俺のせいにされたらたまらん」

「自分が引き留めておいてその言い草」

真琴はわけがわからないといった様子で眉間《みけん》に皺《しわ》を寄せ、ブツブツと文句を言いながら天馬に背を向けた。

正直、結局なにを伝えたかったのかは、天馬にもよくわからなかった。

ただ、真琴の影響を受け、心の奥の方でなにかが変化をはじめたのは事実であり、それが思いの外心地よく、もしかしたら感謝しているのかもしれないと思っている自分がいた。

もちろん、相手は天霧屋を崩壊に導く競合相手であるため、素直にそんなことを伝えるつもりはない。

一方、真琴は突如立ち止まったかと思うと勢いよく振り返り、天馬を見つめる。――

そして。

「天馬」

やけに意味深に名を呼ばれ、天馬は思わず眉《まゆ》を顰《ひそ》めた。

「……なんだよ」

「いや、あのさ、……祓屋《はらいや》集団がよくやってる朝の修行みたいなやつ、私は付き合わなくていいんだよね」

「なんだ、そんな話か。お前は余所者《よそもの》なんだから好きにすればいいだろ」

「よかった、朝から地獄じゃんって思って。……あと」

「……あと？」

「捻《ひね》くれ者で厭世《えんせい》的なクソ野郎かと思いきや、ライバルに泣き言言ったり、教えを乞《こ》いまくるそのプライドのなさ、意外と嫌いじゃないよ」

「は？……悪口か？」

「いや、褒め言葉。じゃ、また！」

今度こそ去っていく真琴に天馬は首をかしげつつ、――ふと気付いたのは、呼び方が「お坊ちゃん」から「天馬」に変わっていたこと。

「……すぐ死ぬ奴の名前は覚えないんじゃなかったのかよ」

天馬は聞こえないように悪態をつきながら、今のは、金目のものを貰《もら》って機嫌を良くした真琴の気まぐれであると、――学ぶべき点はあっても決して馴《な》れ合ってはならないと、自分に言い聞かせた。

ただ、寒そうに背中を丸めて歩く真琴の後ろ姿は、悪霊を前にしたときと別人のように頼りなく、本当に凍え死ぬのではないかと早速心配が込み上げてくる。

しかし、ふと道路の方を見れば、天馬の車の隣にハザードを点滅させて停まる一台の車が見えた。

おそらく、マネージャーの金福が真琴を迎えに来たのだろう。

その車体は夜中に遠目に見てもわかる程にいかつく、明らかに高級車だったが、今の天馬には下世話な詮索《せんさく》をする程の気力がなかった。

「それにしても、よくわからん女だ」

天馬はすっかり疲労した頭で今日のことを思い返しながら、ふと、真琴のことを考える。

喋《しゃべ》りさえしなければ規格外に美しく、華奢《きゃしゃ》な体からは想像できないくらいの高い能力と知恵を持つ真琴に、天馬はたった二日で二度も圧倒された。

いろんな意味で自分より勝っていることは明白であり、天霧屋の今後さえ守られるならば、いちいち争うことなく次期当主の座を譲っていただろうと天馬は思う。

ただ、結局争わなければならなくなったこの現状を、さほど煩わしく思っていない自分もいた。

むしろ、奇《く》しくも強力なライバルの登場によって、滅ぶべきだと斜《はす》に構えていた祓師の未来に、小さな可能性を見出《みいだ》してしまっている部分もある。

まだなにもかもが曖昧《あいまい》だけれど、少なくとも、天馬が祓師という役割に向き合ってみようと考えるには、十分なキッカケだった。

やがて真琴は車に乗って去り、天馬はほっと息をつく。そのとき。

「天馬……？」

ふいに名を呼ばれて視線を落とすと、蓮が薄《うっす》らと目を開け、天馬に向かって小さな手を伸ばした。

「蓮……！　大丈夫か？　気分は？」

慌てて手を取り抱き起こすと、蓮は小さく頷《うなず》く。

「……僕は大丈夫。ねえ、あの女の人の霊は……？」

「ああ、あの霊は……」

尋ねられて辺りを見回してみたものの、その姿はもうどこにも見当たらなかった。

おそらく、無念が浄化し、そのまま消えてしまったのだろう。

真琴が子供の魂を連れ帰った時点ですでにその兆候はあったけれど、一度は悪霊とほぼ同等の気配を放っていたことを考えると、天馬としては信じ難い気持ちだった。

「祓屋の概念を覆すような話だが、……どうやら、消えたらしい」

「浮かばれたってこと？」

「状況から考えると、多分。なにせ、真琴が子供の魂を見つけてきた瞬間に、気配が変わったからな。……そういうのは坊さんの専売特許だと思っていたが」

「そっか。でも、良かったね」

「良かったって、……お前は捕まって散々怖い思いをしただろ」

「ううん、最初は怖かったんだけど……、なんだかいい夢を見てたような気がするんだ。

それに、あの人の腕の中、なんだか温かかったし」

「……相手は霊だぞ、あり得ないだろ」

「でも、本当なんだよ」

その言葉が嘘でも強がりでもないことは、穏やかに笑う蓮の表情を見れば明らかだった。

不思議ではあるが、怖がっていないのならまあ良いかと、天馬は立ち上がって蓮を抱き上げる。

「とりあえず、俺らも帰るぞ」

「うん」

そして、ようやくその場を後にしようとした、そのとき。

「……お母さんって、ああいう感じなのかも」

蓮がふいに零《こぼ》したその言葉で、天馬の胸に小さな痛みが走った。

なにせ、蓮は優しい母親というものを知らない。

その温《ぬく》もりを霊から知るなんてあまりに皮肉だと複雑に思いながらも、天馬は結局頷いてみせた。

「まあ、そうかもしれないな」

「あんなに温かいんだね」

「……ああ、多分」

曖昧な返事をした理由は、天馬にもまた、母親がいないからだ。

とはいえ、蓮のような悲しい別離を経験したわけではなく、物心がついたときからすでにおらず、記憶にもない。

過去に母親のことを知りたいと思ったことは何度かあるが、今は亡き父親も母親についてはあまり語りたがらず、思い出話どころか、まだ生きているのかどうかすら知らされなかった。

幸いというべきか、似た境遇の仲間たちの中で育った天馬は、それを特別であるとも寂しいとも思ったことはない。

ただ、子供に強い執着を持つ霊の姿を見てしまったせいか、今日はつい、なにも知らない母親に思いを馳《は》せてしまっている自分がいた。

「……子供への執着、ねぇ」

頭で考えただけのつもりが声に出てしまい、蓮が首をかしげる。

「執着……？　なんの話？」

天馬は慌てて首を横に振り、気を取り直して車へ向かった。

「いや、なんでもない。また悪霊が出る前に帰らないとな」

「え？　悪霊が出たの？　ここに？」

「そういえば、お前は見てないのか。昨日と同じくらい厄介な奴が出たんだが、真琴が暴れて一瞬で祓《はら》ったよ」

「そっか。また真琴さんが来てくれたんだね」

「来て、くれた……まあ、そうだな」

つい感情が顔に出そうになり、天馬は咄嗟《とっさ》に咳払《せきばら》いをして平常心を保つ。──しかし。

「でも、昨日みたいな強い悪霊は滅多にいないってみんなが言ってたのに、また出るなんて、……どうしちゃったんだろうね」

蓮が口にした疑問で、海の悪霊を見た瞬間から覚えていた違和感が、心の中で一気に存在感を増した。

実際、天馬でも手に負えないレベルの悪霊が立て続けに現れるなんて、極めて異常な事態だ。

そもそも、強大な力を持つ悪霊程、むやみに動かず静かにしているものであり、派手に暴れ出したこと自体が不自然だからだ。

やがて、導き出されるかのように頭を過《よぎ》ったのは、作為的なものである可能性。

もし誰かが悪霊をわざと煽《あお》っていたなら、──と。

つい怖ろしいことを考えてしまい、天馬は即座にそれを頭から追い払う。

「……やめよう。事実ならさすがに俺の手に余る」

自分を落ち着かせるためゆっくり息を吐くと、蓮がキョトンと首をかしげた。

「……天馬ってさ、ひとり言が多くない？」

「悪い、少し考え事をしてた」

「天馬がブツブツ言ってるときは、僕に聞かせられないような妄想をしてるんだって、前に慶士が言ってた」

「……そんなしょうもない話を真に受けるな」

「ねえ、どんな妄想？」

「…………」

黙る天馬を見て蓮は笑うが、その表情はどこか無理しているようにも見え、今は余計なことを考えまいと、天馬は蓮を抱く腕にぎゅっと力を込める。

その一方、——この日常が当たり前に続くことなんかないのだと、自分が守ってこそ手に入るものなのだという危機感は、常に心の重要な位置に留めておかなければならないと痛感していた。

＊

「——海の悪霊の依頼は受けておりません。ですから、公安から報酬は出ません」

「そ、そんな無情な……！」

その日の朝。

当主からの呼び出しにより、天馬はまったく睡眠が足りない中、一人本堂へ向かった。

本来、依頼に関する報告は門下全員が集まるのだが、今回はほぼ真琴一人の功績であるため、自分も不要だと思い込んでいた中での急な指名だった。

面倒臭いと思いつつ、障子を開けるやいなや耳に入ってきたのが、当主専属の世話役を務める田所と、真琴のマネージャーの金福との間で交わされていた、穏やかでない会話。

なにごとかと視線を向けると、本堂には当主と田所、そして田所に迫る金福、さらに床に転がって眠る真琴の姿があった。

殺伐とした空気に嫌な予感が込み上げ、天馬は気配を消してこっそりと中へ入り、少し離れた位置に座る。——しかし。

「天馬、来たか。今日お前を呼んだのは、由比ヶ浜で確認した霊の詳細を報告してもらうためだ」

当主のひと言で、一気に天馬へと視線が集中した。

「詳細、ですか。……俺が確認したのは、悪霊になりかけていた女の霊と、海の中に現れた、地縛霊の集合体のような悪霊ですが」

「女の霊と、集合体の悪霊だな。それでお前は、鹿沼からの依頼の調査対象にあたる

〝人とは思えない不気味な女〟を、どっちだと見る？」

正玄からの問いは、もはや自ら答えを言っているも同然だった。――しかし。

「え？　それは、もちろん……」

天馬が言いかけた瞬間、一見して穏やかな金福の視線の奥が、たちまち殺気を帯びた。とても素人とは思えない圧に怯《ひる》みつつ、天馬はようやく、金福と田所が揉《も》めていた理由を察する。

おそらく、鹿沼からの依頼がどちらの霊を指すかによって、真琴の報酬が変わるのだろうと。

金福から、察してほしいと言わんばかりの鋭い視線が刺さる。

実際、真琴が祓ったのは海の悪霊のみであるため、一瞬、そう答えれば貸しを作れそうだという考えが頭を過ったけれど、天馬には、そうまでして政治をする利点が浮かばなかった。

「……もちろん、悪霊になりかけていた女の霊の方です。海に現れた悪霊は、さっきも申し上げた通り地縛霊の集合体であり、依頼内容にあった〝女〟という表現に矛盾しますので」

はっきりそう言うと、金福から、ギシ、と歯ぎしりが響く。あくまで笑みを絶やさないところがかえって不気味であり、天馬は即座に目を逸《そ》らした。

逆に、正玄は満足そうに口の端を持ち上げる。

「なるほど明瞭《めいりょう》な答えだ。……金福さん、あんたも納得だろう」

「……し、しかし、真琴様が祓わなければ、そちらの天馬様や蓮様は今頃……」

「それはまた別の話だ。それに、儂《わし》は仮定の話は好かん。……ともかく、依頼がなければ報酬は出ない。そこは納得していただきたい」

「では、……せめて、心付けなど」

「ほう、たとえば」

「車ですとか」

「なかなかのタマだな、君は」

あまりに厚かましい金福に天馬は啞然《あぜん》とするが、かたや正玄は、そのやり取りを楽しんでいるように見えた。

悔しそうな金福の表情が面白いのか、単純に金を節約できてほっとしているのかはわからないが、正玄がこんなふうに笑うことは滅多にない。

その後も金福はしばらく食い下がったものの正玄からの譲歩はなく、結局、床で寝ている真琴を放置したまま、渋々本堂を去って行った。

通りすがりに聞こえた舌打ちがいっそ清々《すがすが》しく、天馬はやれやれと脱力する。――そのとき。

「なあ、天馬。真琴は天才だろう」

ふいに正玄が口にしたひと言で、心臓がドクンと揺れた。

「ええ、そう思います。客観的に見て、俺とは比較になりません」

答え次第では、今すぐ天霧屋を真琴に譲るとでも言い出しそうな雰囲気があり、天馬は必死に冷静を装って頷《うなず》く。

こういうとき、変に縋《すが》るような姿勢を見せるのはもっとも逆効果であると、正玄との長い付き合い上知っているからだ。

訪れた、長い沈黙。

それは、必死に繕ったものを少しずつ剝《は》がし取られるかのような落ち着かない時間で、天馬の視線は少しずつ床へ落ちていった。――しかし。

「……お前は、自分のことをまったくわかっていないんだな」

正玄がようやく口にしたのは、想像のどれとも違っていた。

思わず顔を上げて続きを待つが、正玄はそのままゆっくり立ち上がって壇上から降り、出口の方へ向かっていく。

「あの……」

わけがわからず声をかけたものの、正玄は結局それ以上なにも言わないまま、本堂を後にした。

「どう、いう……」

ひとり言を呟《つぶや》くと、正玄に続いて本堂を出た田所が、障子を閉めながらふと動きを止め、天馬に視線を向ける。そして。

「……天馬様も天才であるとおっしゃりたいのでは」

ぽつりとそう言い残し、スッと障子を閉めた。

「は……？」

静まり返った本堂に、間の抜けた声が響く。

人の悪い冗談としか思えなかったが、いつも世話役に徹している田所は、冗談どころか自分の意見を口にすることすら滅多にない。

「天才……？」

改めて呟いてみたものの、その響きは自分にまったくしっくりこず、思わず笑ってしまった。

「万が一、……いや億が一、田所の予想が当たっていたとしたら、とんでもない孫馬鹿だぞ……」

つい零《こぼ》したひとり言で、一気に虚《むな》しさが込み上げてくる。

その一方、天霧屋を賭《か》けて真琴と争い勝利するには、実際にあの天才を上回る能力が必要であるという厳しい現実も、十分に理解していた。

「……いっそ、孫馬鹿に縋りたいものだ」

天馬はなかば脱力しながらそう呟き、ゆっくりと立ち上がる。

なんにもない自分にまず必要なのは、たとえ悪い冗談であっても、それを額面通り受け取るくらいの自信なのかもしれないと思いながら。

第二章

現代において、これは明らかにパワハラと呼ばれる行為だろう、と。

早朝、頭から滝に打たれながら、天馬はそんなことを考えていた。

その日は雨上がりで水量が異常に多く、普通なら滝行は控えるべき状況だが、天霧屋現当主・正玄はそんなことに構いもしない。

むしろ、雨が上がった途端、待ってましたとばかりに門下を連れ、意気揚々と滝へ向かった。

こういうときの正玄は、誰が止めても聞かない。

むしろ、ここ最近に関しては、真琴の活躍だけが目立つ中で門下のふがいなさを再認識しているだろうと、だからこそ、近々無茶な修行を言い出しかねないとすでに警戒していた。

結果、天馬は門下たちとともに四月のまだ寒い朝に半裸で滝行をし、口では祝詞《のりと》を唱えながら、心の中で延々と恨み言を繰り返していた。

「くそ、寒いな……、殺す気か……」

うっかり文句が祝詞に混ざった瞬間、正玄の視線が刺さる。

正玄は、祓師《はらいし》としてはすっかり衰えていても、地獄耳の方は年々確実に進化しているらしい。

おまけに肝も据わっているため、おそらく門下が二、三人溺《おぼ》れようとまったく動じないだろうと、天馬は密《ひそ》かに思っていた。

幸い、蓮をはじめ若年の門弟たちは免除となったためそんな心配はないが、冷たく重い水の塊に打たれていると、天馬ですらも意識を手放しそうになる。

そんなとき、突如正玄のもとに慌ててやって来たのは、世話役の田所だった。

田所は、ずいぶん焦った様子で正玄に駆け寄ると、なにやらコソコソと耳打ちをはじめる。

外での修行中にわざわざ現れるとなると、さしずめ急ぎの依頼でも舞い込んだのだろう。

現に、正玄は田所の話を聞き終えるやいなや、天馬たちに向かって大きく手を挙げ、滝行中断の合図を出した。

なんとなく嫌な予感を覚えつつも滝壺《たきつぼ》から上がると、正玄はいつになく落ち着かない様子で、ずぶ濡《ぬ》れの天馬の正面に立つ。そして。

「天馬、これから天成寺に戻り、着替えてすぐに本堂に来るように」

要件だけ口にすると、返事を待つことなく先に帰り支度を始めた。

「ずいぶん急ぎのようですが、依頼ですか」

「それ以外になにがある。……ああ、そうだ。真琴も連れて来なさい」

「……わかりました」

嫌味を込めた問いは普通に返され、天馬は世話役に渡されたタオルで体を拭《ふ》きながら、やれやれと肩をすくめる。

正玄の身勝手さには日々思うところがあり、せめて誰かの共感を得たくて慶士の方を向いたものの、視線が合うことはなかった。

ここ数日、慶士の様子がおかしいことには、もちろん気付いている。

その原因が、真琴の登場と、天霧屋を実力のある者に渡すと言い出した正玄の発言にあることも。

明らかに真琴を良く思っていない慶士からすれば、正玄の決断に対し、さほど動揺を見せなかった天馬にもおそらく苛立《いらだ》っているのだろう。

ただ、天馬の中には今もなお、なにがなんでも天霧屋を未来に繋《つな》いでいきたいというような強い気概はなく、単純に、今いる門弟たちの居場所を守りたいという思いだけで動いていた。

とはいえ、兄弟同然だった存在と妙な空気になってしまったことには少なからず喪失感があり、結果、それは不純ながらも、真琴に天霧屋を渡すわけにはいかない理由のひとつになってしまっている。

「……ああ、気が重いな」

なかば無意識に呟くと、同行していた世話役の一人が小さく首をかしげた。

天馬は小さく首を横に振り、渡された着物を雑に羽織ると、依頼内容を聞くため皆より先に帰路につく。

頭の痛い問題ばかりが増え続ける今、いっそ悪霊の相手でもしていた方が楽だとすら思えた。

そして、天成寺に戻った天馬は、一旦《いったん》宿舎に戻って身なりを整えながら、正玄から真琴も呼べと言われたことを思い出し、――ふと、疑問を持つ。

考えてみれば、ここで暮らし始めた真琴がどこで寝泊まりしているのかを、天馬は知らなかった。

「そういえば、宿舎では見たことがない……」

天馬はぶつぶつと呟きながら、ひとまず宿舎にある自室を出て、敷地の掃除をしていた世話役を捕まえる。

「なあ、真琴はどこにいるか知ってるか？」

尋ねると、世話役はさほど考えもせず頷《うなず》いてみせた。

「真琴様でしたら、お屋敷の、天馬様のお部屋に」

サラリと口にしたのは、驚愕《きょうがく》の事実。

「……なんだって？」

思わず険しい表情を浮かべた天馬に、世話役は目を泳がせる。

決して怖がらせたいわけではなかったけれど、まさかの返答に、とても冷静ではいられなかった。

「そ、そう、聞いていますが……」

「百歩譲って客間でもなく、わざわざ、俺の部屋に？」

「え、ええ……。てっきり、天馬様には話が通っているものだとばかり……」

「初耳だが、……まあ、とりあえずわかった」

天馬はなんとか苛立ちを抑え、そのまま自宅へ向かう。

歩きながら、――これは真琴の挑発だと、乗っ取ってやるという意思表示に違いないと確信していた。

やがて自宅に着いた天馬は、玄関を上がってズカズカと廊下を歩き、角にある自室へと向かう。

自宅とはいえ、宿舎に住むようになって以来滅多に立ち入ることがないため、もはや懐かしさすら覚えた。

やがて自室の前に着くと、世話役らしき三十代くらいの女性が戸の前を落ち着きなくウロウロしており、天馬を見てビクッと肩を揺らす。

天霧屋に女性の世話役は珍しく、さしずめ田所が真琴専用にと手配したのだろうが、あまりに挙動不審な様子に天馬は思わず足を止めた。

「……どうした。ここでなにをしてる」

「えっ……！　て、てん……」

「そんなに怯《おび》えないでくれ、俺はあのジジイとは違って癇癪《かんしゃく》を起こしたりしない。……名前は」

「い、い、市木《いちき》朋枝《ともえ》と、申します」

「真琴の専属か？」

「そう言われましたが、……ご、ご本人から、必要ないと」

「まあ、奴には金福というがめつそうな側近がいるからな。それで、こんなところでなにを」

「ど、どうするべきかと思いまして……。女が必要だからと採用されたものの、ご本人から必要ないと言われたなんて田所さんに報告すれば、即お役御免になりそうで……。なんとか真琴様と交渉をと思ったのですが……」

「……なるほど」

　話を聞きながら、市木にもまた、他の世話役たちと同じく簡単には辞められない事情があるらしいと天馬は察する。

　正直、無駄はできるだけ削減すべきという思いに変わりはなかったけれど、そのときの天馬にはひとつ思い立ったことがあり、廊下の窓から宿舎の方を指差した。

「だったら、奥の宿舎にいる俺の弟弟子に付いてくれないか。蓮という名で、まだ七歳なんだが、なかなか凄絶《せいぜつ》な生い立ちを持ってる。昨日、母親のことを考える機会があって、少し寂しそうにしていたから、女性の支えがあれば安心する気がするんだ」

「え？……で、ですが、真琴様は」

「田所には俺から言っておくから、真琴のことはもう忘れてくれ。それに、あんな女の専属になれば、手当に見合わないくらいこき使われるぞ」

「……よ、よろしいのでしょうか」

「俺は一応当主の孫で、だいぶギリだが後継者候補の一人だ。それくらいの意見は通るよ」

「ありがとうございます……！」

市木は深々と頭を下げると、早速その場を後にし、宿舎へと向かう。

その後ろ姿を目で追った後、天馬は重い溜《た》め息をつき、改めて自室の戸の正面に立った。

「真琴」

かつて自分が使っていた部屋をこんなふうに訪ねるのは、なんだか不思議な気分だった。

しかし、中から反応はない。

さっきの市木の話からして中にいるのは確実なのにと、天馬は少し強めに戸をノックする。

「おい、真琴！」

すると、ようやく、「はあい」という間延びした返事が聞こえた。

「当主が呼んでる。……あと、話があるんだが」

そう言うと、わずかな間を置き、ゴソゴソと物音が響く。

「勝手に入ってきて。今、手が離せないの」

人の部屋を使っておきながら、まったく悪びれない言い方に、一気に苛立ちが込み上げてきた。

天馬は、絶対にこの部屋から追い出してやるという思いで、勢いよく戸を開け放つ。

──瞬間、目に飛び込んできたのは、記憶にある自室とはまったく違う、まるで倉庫のように雑然とした風景だった。

もともと天馬は物に執着を持たず、部屋は常にガランとしていたが、今は畳が見えないくらいに服やら段ボールやらが散乱し、中にはなんに使うのかわからない、謎の道具もある。

その酷《ひど》い有様に天馬はすっかり勢いを失い、むしろ、ほんの一瞬でこうも散らかせるものなのかと、感心すらしていた。

「……なんなんだ、このゴミ部屋は」

「ゴミじゃないし」

「確かお前、放浪していたんだよな。この荷物はどこから湧いて出たんだ」

「ずっとレンタル倉庫に詰め込んでたんだけど、月々の利用料が馬鹿にならないから運んでもらったの」

「そんなセコい考えで、ガラクタをうちに運び込むな」

「だから、ゴミでもガラクタでもないんだってば。……あ！　ちょっと動かないで！　全部大事なものなんだから！」

「………………」

自室を散らかされた上に偉そうに指示され、天馬の心がみるみる混沌《こんとん》としていく。

しかし、相手は一応、あくまで一応女であることを考えると、いくらゴミにしか見えなくとも詮索《せんさく》するのは躊躇《ためら》われた。

一方、真琴はといえば、畳に座り込んでなにかを真剣に弄《いじ》っており、天馬には見向きもしない。

手元を覗《のぞ》き込んでもよくわからず、天馬は首をかしげた。

「……さっきから、なにしてる」

「なにって、改造」

「改造……？」

「そ。コレ」

真琴が掲げたのは、プラスチック製のおもちゃのボウガンだった。

蛍光グリーンの本体に、先が吸盤の矢がセットになっており、弦の部分にはカラフルなゴムが張られている。

いい年しておもちゃを改造して遊んでいたのかと、天馬は一瞬でも興味を持ったことを後悔した。

「……野鳥を狩って食ったりするなよ。犯罪だぞ」

「吸盤で捕まるどんくさい鳥がどこにいるのか教えてくれる？」

「ともかく、遊んでるだけならさっさと片付けて、別の部屋に移ってくれ。ここは俺の部屋だ」

「元俺の部屋、でしょ？　こっちは使っていいって言われてるの」

誰に、と言いかけて、天馬は口を噤《つぐ》む。

自宅の使用について許可を出す者など、一人しかいないからだ。

だとすれば、天馬の方が圧倒的に分が悪く、驚く程ずうずうしい態度にも納得がいった。

なかなか反論してこない天馬に、真琴は小さく肩をすくめる。

「まさか話ってそれ？　俺の部屋を返せって？」

「………………」

「だったら、もう解決ってことでいい？」

わざと煽《あお》るような言い方をされ、頭にじわじわと血が上る。

「……好きにしろ」

天馬は感情を抑えられず、怒りのままに部屋を出て勢いよく戸を閉め、そのまま本堂へ繋《つな》がる渡り廊下へ向かった。

よほど顔に出ていたのだろう、通りすがりの世話役が天馬を見てぎょっとし、逃げるように立ち去っていく。

考えてみれば、ここ最近は真琴のせいでイライラしっぱなしで、以前までは上手《うま》く繕えていた次期当主としての態度も表情も、崩壊しつつあった。

こんなのは自分らしくないと思いながら、天馬は本堂に着く前にゆっくりと深呼吸をする。

連れて来いと言われていた真琴を置いてきてしまったものの、自分の精神衛生上、ふたたび呼びに行く気にはなれなかった。

天馬は本堂に繋がる障子の前に膝《ひざ》をつき、もう一度、ゆっくりと息を吐く。

そして、あくまで冷静を装い障子を開けると、壇上にはすでに正玄がおり、戸のすぐ横には田所が控え、さらに、正玄の正面には元祓師《はらいし》で公安の鹿沼の姿があった。

「……鹿沼さん」

「やあ、天馬。久しぶりだな」

「ついこの間、現場で会ったばかりですが」

「ついこの間……？　現場で会ったのは年末だから、もう三ヶ月以上経ってるじゃないか。もっと嬉《うれ》しそうな顔をしてくれよ」

鹿沼は、現在三十歳。八年程前までは天霧屋で祓師をしていたが、怪我をして引退を決めた後、様々な経緯を経て警察官になり、公安に配属された。

祓師をやっていた当時は、和服が似合い凛《りん》とした印象があったが、今はボサボサの頭に、常にネクタイを緩めただらしないスーツ姿で天霧屋にやってくる、飄々《ひょうひょう》とした男だ。

ちなみに経緯とは、おおまかに言えば、まず警察側から天霧屋に向け、依頼を出すにあたって内部事情を知る仲介役を立ててほしいという要請があり、ちょうど引退を決めていた鹿沼が逆に警察に所属することで話がまとまったと天馬は聞いている。

幸いというべきか、鹿沼は天霧屋の中では極めて異例の通いの祓師であったため、他の誰より社会に馴染《なじ》んでおり、引退といっても普通の転職とさほど変わらず、あっという間に警察の顔つきになってしまった。

今や天馬には、こうして天霧屋の本堂で会っても、鹿沼が祓師だった頃の姿をあまり思い出せない。

「……嬉しいですよ」

「含みがあるなぁ。昔は弟のように可愛がってやったのに」

嬉しいという言葉は、決して嘘ではなかった。

実際に可愛がってもらったし、今でも感謝している。

それでも、もし態度に含みがあるとするなら、今やすっかり社会に溶け込んでいる鹿沼が単純に羨《うらや》ましいのだろうと、天馬は自分を客観的に分析していた。

たとえば、かつて祓師だったことを、大昔の出来事のように話すところなんかは、妬《ねた》ましく、羨ましい。

さらに、当主に対する態度が、〝取引先〟のそれに変わったことも、しらじらしく、やはり羨ましい。

そんな心情が影響してか、表向きはけじめという名目で、天馬はいつからか鹿沼を苗字《みようじ》で呼ぶようになった。

まるで思春期のような思考回路だと、自覚していながら。

「それで、……今日は、依頼の話ですか」

鹿沼の横に間隔を空けて座り事務的に話を進めると、鹿沼は苦笑いを浮かべ、壇上の正玄は頷《うなず》いてみせた。

「ああ、そうだ。だが、今回の案件は、少しややこしい。それより天馬、真琴はどうした？」

「ま、真琴ですか。……手が離せないとのことでしたが、間もなく来るかと……」

「……そうか」

むかついて置いてきてしまったとはさすがに言えなかったが、正玄は怒るかと思いきや、落ち着いた様子でお茶をひと口啜《すす》る。

真琴は天霧屋の門下ではないため、普通の反応とも言えるが、それにしても正玄は真琴に甘い。

仮にも自分が守ってきた天霧屋を潰《つぶ》すも同然の発言をしている上、厚かましくも住み込み、早速散らかし放題だというのにこの有様だ。

なにか弱みでも握られているのだろうかと、つい勘繰ってしまう。

しかし、そんな天馬を他所《よそ》に、もともと遅刻にうるさい正玄は一分もしないうちに貧乏揺すりをはじめた。

「……もう一度、呼びに行ってきます」

このままでは余計なとばっちりを受けかねず、天馬は素早く立ち上がる。――瞬間、正玄の自宅と逆側の、本堂の正面入口の障子がスッと開いた。

「真琴、遅――」

遅いと言いかけて、天馬はつい言葉を止める。

障子の向こう側にいたのは真琴ではなく、慶士だったからだ。

「慶士……？」

思いもしなかった人物の登場に、天馬は目を見開いた。

なにせ、普段の慶士なら、仮にも来客中に本堂に闖入《ちんにゅう》することなどまずあり得ないからだ。

しかし慶士は一礼して躊躇いなく本堂に入ると、鹿沼と天馬の間に座り、正玄をまっすぐに見つめた。

「畏《おそ》れながら、私より申し上げたいことがあり参りました」

「それは、今でなければならないことか」

「はい」

はっきり頷くその声には強い決意が滲《にじ》んでおり、天馬はなんだか不穏な予感を覚える。

——そして。

「当主は、実力の高い者に天霧屋を渡すとおっしゃいました。——ならば、私も候補の一人に入れていただきたく」

慶士が淀《よど》みなく口にした発言に、場の空気が一気に緊迫した。

田所は目を丸くし、鹿沼は面白がっているのか口の端に笑みを浮かべ、正玄は眉《まゆ》をぴくりと動かす。

かたや天馬はといえば、慶士の異様に余所余所《よそよそ》しい態度にはこういう理由もあったのかと、密《ひそ》かに納得していた。

正玄は長い沈黙を置いた後、ゆっくりと口を開く。

「わざわざここで宣言せずとも、お前はただ実力を示せばいいだけだろう。もっとも実力がある者に渡すという話なのだから、候補もなにもない」

その声はずいぶん威圧的だったけれど、慶士は怯《ひる》むことなく、さらに言葉を続けた。

「承知しています。しかし、実力を示すには、こういった重要な依頼の交渉の場に私も同席させていただく必要があります。私は長らく天馬の補佐に徹していましたが、今後はそのつもりはなく、対等に競い合う立場にありますので」

「それは、……確かに、正論だな」

「ご理解いただき感謝します。私はこの天霧屋を、いきなり現れた金に汚い女にも、正統な血を受け継ぎながら腑抜《ふぬ》けの男にも任せたくありません」

「ほう」

「ですから、必ず、結果を出します」

〝正統な血を受け継ぎながら腑抜けの男〟という言い方に、天馬は少なからず動揺していた。

ただ、そう思われても仕方がないと、納得もしていた。

慶士が熱い男であることは知っているし、今になって思えば、慶士は天馬にも自分と同等の熱を求めていたように思えてならない。

そう考えると、一連の次期当主騒ぎで、他人事《ひとごと》のように平然としている天馬に苛立《いらだ》つのはある意味当然だった。

「了解した。ならば、今後はこういった場にお前も同席しなさい」

当主がそう言うと、慶士は深々と頭を下げ、チラリと天馬に視線を向ける。――そして。

「……情けない奴」

小さくそう呟《つぶや》いた。

なんに対しての「情けない」なのかは、いちいち考えるまでもない。

自由奔放な真琴に完全に出し抜かれ、その状況に甘んじていることが、よほど気に食わないのだろう。

ただ、それに関しては、天馬もひとつ言いたいことがあった。

「……慶士、お前、真琴が悪霊を祓《はら》う瞬間を実際に見たことがないだろ」

天馬の頭を過《よぎ》っていたのは、これまで遭遇したことがないレベルの悪霊を、しかもビニール傘やパドルを使っていとも簡単に祓ってしまった真琴の姿。

あんなものを見せつけられてしまえば、虚勢を張る気にすらならなかった。

しかし、慶士はそんな天馬をあざけるように鼻で笑う。

「どんなに凄《すご》かろうが、あんな女にあっさり負けを認めてすべてを明け渡して、恥ずかしくないのか」

「明け渡してはないだろ。……まだ」

「時間の問題だ。お前には心底がっかりした」

慶士はそう言うと、もう話は終わりとばかりに天馬から視線を外す。

天馬としては、真琴のことも含め、腹を割って話したいことがたくさんあったけれど、慶士からは明確な拒絶の意思が伝わってきた。

慶士はそもそも祓屋《はらいや》という仕事に対するプライドが高く、完璧《かんぺき》主義ゆえに意固地な面がある。

もちろん、天霧屋の次期当主に関しても、こうあるべきという確固たる理想像を持っているのだろう。

逆に、昔からドライな面を持つ天馬にとっては、勝手に幻想を抱かれても困るという本音もあった。

ともかく、この調子では簡単に和解というわけにはいかなそうだと、天馬は溜《た》め息をつく。——そのとき。

「ねえ、ライバルが増えたって本当？」

自宅側の障子がスパンと勢いよく開き、真琴が姿を現した。

真琴はずいぶん遅れておきながら謝罪どころか挨拶《あいさつ》もなく、ぼさぼさの髪をパーカーのフードで隠してずかずかと本堂に立ち入り、そこにいた面々をぐるりと見回す。

そして、慌てて止めようとする田所を無視し、真っ先に鹿沼の前にしゃがんだ。

「ライバルってあんた？」

初対面の相手に対しあまりに不躾《ぶしつけ》な態度だったが、鹿沼はツボに入ったのか、堪《こら》えられないとばかりに笑う。

「いや、違うよ。君は噂の真琴……ちゃん？　だね。聞きしに勝る美人……って、これはセクハラか。俺は、公安の人間で鹿沼だよ」

「ああ、例の、安い依頼をしてくる公安の？」

「手厳しいな。それにしても、ライバルの情報が回るのがずいぶん早いね。たった今しがたの出来事なのに」

「そりゃ、うちのマネージャーがどこでも聞き耳立ててるからね。……でも、あんたじゃないなら、他にそれっぽい人いなくない？」

そんな真琴の言い草にもっとも苛立っていたのは、言うまでもなく慶士だった。

慶士は膝《ひざ》の上で握った手を震わせながら、真琴を睨《にら》みつける。

「……当主争いに名乗り出た人間なら、俺だが」

その声はわかりやすく怒りに満ちており、天馬は余計な波風を立てた真琴を心底恨んだ。

かたや、真琴は気まずそうにするどころか、こてんと首をかしげる。

「いや、無理無理」

「なんだと……？」

「だって、あんたじゃそこの公安のおじさんより能力が……」

「――真琴、やめなさい。ここは雑談の場じゃない」

一気に張り詰めた空気に割って入ったのは、正玄だった。

慶士がいつ暴れだすかとハラハラしていた天馬は、内心ほっと胸を撫《な》で下ろす。

なにせ、慶士の能力が辞めた鹿沼よりも劣っているという真琴の観察眼は正しく、しかし門下の間ではタブーとなっている話題だからだ。

正確には、慶士の能力が低いというよりも、鹿沼が高いというニュアンスの方が正しいのだが、祓師を辞めて何年も経つ人間に劣っているという事実を、慶士は受け入れられないでいる。

自分にそれくらい誇りを持てるところは美点とも言えるが、周囲の人間からすれば扱いにくい点でもあった。

正玄に止められた真琴はさも面白くなさそうな表情を浮かべ、天馬の横にドカッと座る。

「ねえ、なんか空気悪くない？」

「お前のせいだが」

「別にそんなにピリピリしなくてもいいじゃんね」

「俺はお前の仲間じゃない。共感を得ようとするな」

「つまんない奴」

天馬は文句の止まらない真琴を無視しつつも、被《かぶ》りっぱなしのフードだけはさすがに看過できず、後ろから引っ張って脱がせた。

真琴はさらに乱れた髪を直しもせず、あぐらをかいて渋々正面を向く。

「で、おじいちゃん、依頼は」

酷《ひど》い空気の中、鹿沼の小さな笑い声が響いた。

一方、正玄も相変わらず叱ることなく、鹿沼に視線を向ける。

「鹿沼。ずいぶん待たせたが、始めてくれるか」

「ええ、わかりました」

その短い会話で、天馬は姿勢を正した。

普段、依頼の内容については正玄から天馬たちに伝達されることが多い中、鹿沼が直接話すということは、案件が極めて深刻であるか、状況が逼迫《ひっぱく》していることを意味するからだ。

鹿沼は鞄《かばん》からタブレットを取り出し、早速資料を開く。――しかし。

「ところで……、最近、地面の揺れに気付いたことはあるかい？」

いきなり飛んできた世間話のような問いかけに、天馬は思わず首を捻《ひね》った。

「いえ、俺はまったく……」

戸惑いながらも答えると、慶士も小さく首を横に振る。

鹿沼は資料に視線を落としたまま、険しい表情を浮かべた。

「そうか……、実はここ数日、源氏山《げんじやま》公園付近に住む住人たちから、地面がたびたび激しく揺れるっていう通報が続々と届いていて……」

「源氏山公園……？　それなら、ここからも近いでしょう。地震が起きたなら、この辺りにも影響があるはずでは」

食い気味に疑問を呈したのは、慶士。

確かに、源氏山公園は鎌倉市内にある巨大な都市公園であり、慶士の言う通り天成寺からもさほど離れていない。

すると、鹿沼は身を乗り出す慶士を押し返しながら、頷《うなず》いてみせた。

「そうなんだよ。だから、地震じゃなくて〝地面の揺れ〟って言ったろ。ちなみに、気象庁やら専門家やらに都度確認してるし、地震じゃないことはすでに証明されてる。…

…つまり、源氏山公園を中心とした限られたエリアで、原因不明の揺れが起きてるみたいなんだよなぁ」

「原因不明の……。ちなみに、地中工事などではないんですよね？」

「天馬……、こっちは警察だぞ、そんなの見落とすわけがないだろ。だいたい、地震としては範囲が狭くとも、工事を含む人為的なものだとすれば、逆に影響範囲が広すぎる。……ってなると、原因はひとつしか浮かばないんだよ」

「……なるほど」

鹿沼ははっきりと明言しなかったが、悪霊の仕業の可能性を考えていることは、わざわざ聞くまでもない。

しかし、もしそうだとするなら、天馬には大きな懸念があった。

「ですが、源氏山公園の周囲一帯を揺らす程の力を持つ悪霊となると、とても一筋縄では……」

懸念とは、まさに口に出した通り。

鹿沼は頷き、タブレットに鎌倉の地図を表示させ、源氏山公園の周囲を赤い線でぐるりと囲った。

「その通り。通報から予測される影響範囲は少なく見積もってもこんな感じで、源氏山公園だけで東京ドーム二個分はあるっていうのに、さらにその周囲一帯を入れれば……、ゆうに倍以上だよな。そんなことができるなんて、どれだけやばい悪霊なんだよっていう」

「…………」

鹿沼の口調はずいぶん軽いが、天馬はしばらく反応できなかった。

強力な悪霊の存在を示唆した鹿沼の言葉にただ怯《ひる》んだわけではなく、この付近では、つい最近、強力な悪霊が二体立て続けに現れたばかりだからだ。

二体でも十分異常事態だというのに、また同等のレベルの悪霊が出るとなると、偶然で処理するにはさすがに無理があった。

「……当主、もし本当に悪霊の仕業だとするなら、もう三度目です。いくらなんでも、続きすぎでは。……なにか、不穏な予感がするのですが」

強い不安に駆られ、天馬は正玄にそう訴えかける。

けれど、正玄はたいした動揺を見せず、平然と頷いてみせた。

「確かに続いてはいるが、悪霊の強い気配に触発されて他の悪霊が動き出したと考えれば、そう不自然なことではない。もともと、この辺りの土地は長い歴史の中で激動の時代を何度も越え、多くの魂が眠っているからな」

「それは、そうかもしれませんが……」

正玄が言う通り、鎌倉という場所には、日本の歴史を語る上で重要な史実が数多くある。

もっとも有名なのは武家政権だった鎌倉幕府だが、樹立時はもちろん滅亡に至るまで、たくさんの争いが起こり多くの血が流れたことは、広く知られる事実だ。

千年近く経つ今もなお、鎌倉には当時の浮かばれない魂が多く潜んでおり、それは鎌倉で祓屋《はらいや》を生業《なりわい》にしている天霧屋からすれば、常識とも言える。

とはいえ、大昔から存在するような霊が、触発されたなどという曖昧《あいまい》な理由で次々と暴れ出すなんて、さすがに無理があるように思えてならなかった。

そんな緊迫した空気の中、慶士は動揺ひとつ見せずに頷く。

「私にお任せください。出たのなら祓《はら》えばいいだけのこと」

ずいぶん簡単に言ってくれるものだと、天馬は思わず天井を仰いだ。

しかし余裕の態度も無理はなく、これまで数々の危機を根性と気合いで切り抜けてきた、よく言えば気骨があり悪く言えば脳筋の慶士に、怯む選択肢がないのはある意味当然だった。

そして、こんなときの正玄はいつも、ブツブツ文句を言う人間よりも反応のいい方に委《ゆだ》ねる。

「その通りだ、慶士。頼んだぞ」

予想通りの展開に、天馬はがっくりと肩を落とした。――しかし。

「――だから、あんたじゃ無理だってば」

話がまとまりかけたタイミングで割って入ったのは、真琴。

「なに……？」

慶士の表情がみるみる険しさを増す中、真琴はパーカーの紐《ひも》を弄《もてあそ》びながら、面倒臭そうに溜《た》め息をつく。

「あのさ、自分の能力を客観視することも大事だよ？」

「お前に言われなくても、自分のことくらいわかってる」

「全然わかってないみたいだから、わざわざ言ってるのに」

「黙れ、余計な世話だ」

「どうしても行きたいなら、天馬の援護でいいじゃん。まあ、相手次第ではそれでもキツいと思うけど」

「……援護、だと」

なぜ、わざわざ剝《む》き出しの地雷を踏むのだと、真琴の発言には、そこにいた誰もが明らかにげんなりしていた。

こういうときは下手にフォローするより黙って気配を消すのが吉だと、天馬は心を無にして息を潜める。

しかし、慶士は額に太い血管を浮かび上がらせながらもそれ以上の反論はせず、むしろ真琴の存在を完全に無視することに決めたのか、ふたたび正玄に向き直った。

「……当主、私が動くにあたり、改めてお願いが」

「言ってみろ」

「この場に門弟たちを集めなかったのは、本件が彼らの身に余ると判断してのことだと承知していますが、……修行中の門弟から一人、私の補佐として挙用したく。承認いただけませんか」

慶士が口にしたのは、要するに門弟を一人連れて行きたいという要望。

今現在、天霧屋の門下は天馬と慶士以外の全員が修行中であり、補佐への挙用はいわば昇格だが、通常は門下側から言うような内容ではないため、天馬は驚きを隠せなかった。

急にそんなことを言い出した慶士の思惑は、考えるまでもない。

慶士は、もう天馬の補佐に徹する気はないという宣言の通り、門弟の中から自らの補佐を指名することで、慶士派としての体制を整えるつもりなのだろうと天馬は察していた。

それは、次期当主の座を狙うという慶士の発言がただの勢いではないことを証明しつつ、同時に天馬との明確な対立を意味する。

とはいえ、ただでさえ門下が少ない中、派閥で割れるのはどう考えても得策ではなく、天馬は正玄の反応を待った。——しかし。

「わかった、許可する。それで、誰を指名する気だ」

正玄はさほど迷いもせず、あっさりと慶士の要求を承認した。

この人は、もう天霧屋を見放しているのではないだろうかと、——すでに真琴に狙いを定めていて、以下の小競り合いには興味がないのではないかと、天馬の心の中にうっすらとあった思いが、一気に濃さを増していく。

本堂はしんと静まり返り、普段は飄々《ひょうひょう》としている鹿沼ですら、瞳《ひとみ》にわずかな戸惑いを映していた。

そんな緊迫した空気の中、慶士は正玄に深々と頭を下げると、ふいに背後を振り返る。

――そして。

「英太《えいた》。入ってこい」

天馬にとっても聞き馴染《なじ》みのある名を口にした。

「英太、だって……？」

天馬が思わず声を上げると同時に障子がスッと開き、そこに控えていたのは、門弟の一人である英太の姿。

英太は間もなく十六歳になる修行中の祓師であり、まだ若いが資質が高く、皆に一目置かれている。

中でも、屈強な慶士に対してはとくに強い憧《あこが》れを持っているようで、早朝や修行後の慶士の自主トレーニングに付き合っている姿を天馬は何度も目にしているし、慶士もまた、特別目をかけ、大事に育てているように見えた。

とはいえ、今回のように不穏な案件でいきなり補佐をさせるのはさすがに無茶だと、天馬は衝動的に立ち上がって慶士の腕を摑《つか》む。

「お前、正気か……？」

自然と語気が強くなるが、慶士は即座に天馬の手を振り払った。

「本人の希望だ。英太も、お前の情けなさにうんざりしているらしい」

「おい、今は内輪揉《うちわも》めしてる場合じゃないだろ……！　どんな悪霊が出るかもわからないのに……！」

「内輪揉めの原因が偉そうに言うな。ともかく、俺は天霧屋を見捨てないし、お前から消去法で渋々守ってもらう気もない」

「…………」

言い方はともかく痛いところを衝《つ》かれ、天馬は思わず口を噤《つぐ》んだ。

そのとき、背後から突如、真琴の楽しげな笑い声が響く。

「消去法だって。的を射てるじゃん」

「……真琴、今は黙れ」

天馬が咄嗟《とっさ》に制すが、真琴はさらに言葉を続けた。

「でもさ、気合い入りまくりの見掛け倒しよりは、消去法でも能力が高い方に付く方が賢明だと思うけどね」

そう言う真琴が視線を向けていたのは、英太。

英太の目からはわずかな戸惑いが見て取れたけれど、すでに慶士からいろいろ刷り込まれているのだろう、真琴の言葉に反応することはなかった。

慶士は大丈夫だとばかりに英太に一度頷《うなず》いて見せ、ふたたび正玄に視線を向ける。

「英太は今でも十分な戦力ですが、今後は俺がよりいっそう強い祓師へと育てます。あくまで俺は、人を育てながら天霧屋を継続させていきたいと思っていますので。……これまで通りに」

最後のひと言は正玄に対しての皮肉とも取れたが、正玄はとくになにも言わず、わずかな沈黙の後、深く頷いた。

「いいだろう。お前のやり方で能力の高さを示せばよい。儂《わし》が決めているのは、すでに伝えている通り、能力のもっとも高い者に天霧屋を渡すという一点のみだ。思想や手段を問う気はない」

少し突き放すような響きはあったものの、慶士は英太を補佐にする承認が得られただけで十分とばかりに、深々と頭を下げる。そして。

「承知しました。では、行って参ります」

そう言い残し、早速立ち上がって本堂を後にした。

英太もまた、やや戸惑った様子ながらも皆にぺこりと頭を下げ、慶士の後を追っていく。

本堂がしんと静まり返る中、次に正玄が立ち上がった。

「では鹿沼、この件の結果については、田所から改めて報告する」

「え?……あ、はい、わかりました」

強力な悪霊の出現が疑われる状況の中、正玄の様子はいたって通常通りであり、鹿沼は困ったように苦笑いを浮かべる。

天馬の心の中には、表現し難い複雑な感情が渦巻いていた。

「当主。……いい加減、死人が出るかもしれませんよ」

なかば衝動的に声を上げたものの、正玄は立ち止まることなく廊下まで進み、去り際にほんの一瞬、天馬へと視線を向ける。

「死にたくなければ、辞めるか、強くなるしかない」

それは、祓師をやる上では必要な覚悟であり、何度も言われてきた言葉だったけれど、状況が状況だけにどこか残酷に響いた。

やがて田所がスッと障子を閉め、正玄の気配が遠ざかっていく。

「……なあ、天霧屋の空気、一気に殺伐としてないか？」

呆然《ぼうぜん》とする天馬の横で、鹿沼がそう言って足を崩した。

実際、天霧屋はたった数日で多くのことが様変わりしている。

天馬が黙っていると、鹿沼は続けて真琴に視線を向けた。

「さしずめ、君の登場がキッカケでしょ？　なんか、いかにも引っ掻《か》き回しそうだもんね」

ずいぶん不躾《ぶしつけ》な言い方だったが、真琴はカラッと笑う。

「まあ、引っ掻き回すのは別に嫌いじゃないよ。ただ、私が登場してなかったら、そこのお坊ちゃんもさっきの脳筋も死んでたけどね」

「それはそれは、大切な弟たちを助けてくれてありがとう。ただ、お坊ちゃんはともかく脳筋はやめてやってくれない？　彼、あまり冗談が通じないから」

「あ、そう。まあ祓師って、基本的に冗談通じないよね。……っていうか、あんたも元は祓師だったって聞いたんだけど、にしてはずいぶん軽くない？　辞めた解放感ではじけちゃったの？」

「君のマネージャー、なんでも知ってるんだねぇ。……はじけたっていうか、公安で一人変な役割背負ってるといろいろあってさ。ちょっとくらいふざけてないとやってられないんだ。……あと、俺はあんたじゃなくて、鹿沼ね」

「ふうん。了解、鹿沼」

「美人からの呼び捨ても悪くないな」

「変態じゃん」

「――やめろ」

　延々続く緊迫感のない会話に耐えられず、天馬は思わず口を挟んだ。

　二人は顔を見合わせた後、それぞれまったく悪びれない笑みを浮かべる。

「ごめん、天馬。可愛い女の子と話す機会があまりないから、つい楽しくて」

「鹿沼、それもセクハラだよ」

「まじか。……現代社会はハラスメントだらけだなぁ。ハラスメントだってマウントを取るハラスメントを受けてる気分だ」

くだらなくも妙に波長が合っているやり取りを聞きながら、天馬は、どうやらこの二人は似た者同士らしいと、つまり真剣に話せば話す程こちらにストレスがかかる部類であると、密《ひそ》かに分析していた。

「……今は、それどころじゃないんですが」

どっと疲れを感じてそう言うと、鹿沼は天馬の肩を軽く叩《たた》く。

「まあそう怒るな。やばい状況だってことはわかってるよ。ただ、真琴ちゃんがかなり有能みたいだし、あまり考えすぎなくてもいいじゃないか」

「まさにその真琴が、天霧屋を壊滅に導こうとしてるんですが」

「いや、でもさ、壊滅にもいろいろあるから。真琴ちゃんだってなにも、全員殺して乗っ取ろうなんて考えてないんでしょ？」

「え、私？……そりゃ、勝手に死ぬかもとは思ってるけど、わざわざ殺そうなんて発想はないよ」

「ほら」

「ほら、じゃないんですって。とにかく、俺は簡単にここをなくすわけにはいかないんです。というか、仲間割れなんかしてたら本当に死人が……」

言いながら、さっきの慶士の様子を思い出し、天馬は頭を抱える。

慶士はもともと勢い任せの言動が多く、そのぶん落ち着くのも早い方だが、今回ばかりは英太への手回しを含め、これまでにない強い意志を感じたからだ。

だとすれば、簡単には止められないだろうと心がずっしりと重くなる。――そのとき。

「あのさ、死人で思い出したんだけど、……そういえば、死相が出てたよ。あの英太って子」

ふいに真琴が口にしたその言葉で、天馬はガバッと顔を上げた。

「死相……？　それ、どういう意味だ」

「どういうって、そのまんまだけど。死が近いオーラを纏《まと》ってたってこと」

「……お前、人の死がわかるのか」

「常にってわけじゃないけど、濃く出てると嫌でもわかっちゃうよね」

「一応言っておくが……、冗談だったでは許されないセリフだぞ」

「別に許されなくてもいいけど、大昔の陰陽師《おんみょうじ》も死相くらいフツーに見てたわけだし、そこまで疑われるのは心外だわ」

真琴はそう言うが、死相を見るなどの呪《まじな》いめいた能力に関しては、現代まで受け継ぐ者が存在するという話を一度も聞いたことがなく、祓師《はらいし》たちの間では、都市伝説的な認識をされている。

おまけに真琴は基本的にふざけており、発言の信憑性《しんぴょうせい》も怪しく、手放しで信用できない。

とはいえ、仮にも門下の死を予言されてしまった以上、虚言として安易に流すことはできなかった。

「……本当に、英太に濃い死相が出てたんだな」

「しつこい。何度も言わせないでよ」

「だとして、死はどれくらい迫ってる」

「はっきりはわかんないけど、あの濃さなら持って一日かなぁ」

「一日……？」

想像よりもずっと早く、天馬は言葉を失う。

いつも余裕の鹿沼ですら、険しい表情を浮かべた。

「一日って……、慶士派閥の初仕事の結果を予言してるも同然じゃないか」

「鹿沼さん、……さすがに不謹慎です」

「いや、ふざけてるわけじゃなく。……早く奴らを連れ戻すか悪霊を祓《はら》うかしないとやばいだろ」

「連れ戻すか、祓うか……」

提示された二択を復唱しながら、天馬の心の中にはじわじわと絶望が広がっていた。

そもそも、真琴をまったく信用していない慶士が死相の話を真に受けるとは思えず、それを理由に連れ戻すのは難しい。

ならば祓うしかないが、鹿沼の話を聞いた時点で、自分の力でどうにかできる相手であるとはとても思えなかった。

そのとき。

「まあ、私なら祓えるけどね」

さらりとそう口にしたのは、真琴。

途端に鹿沼が目を輝かせる。

「おお、さすが！　にしても、真琴ちゃんには未熟な弟たちを守ってもらってばかりで、なんだか申し訳ないよ」

その口ぶりには引っかかるものがあったが、天馬はなにも言えずに俯《うつむ》く。

すると、真琴がふいに天馬の顔を覗《のぞ》き込んだ。

「天馬もそれでいいんだよね？　おじいちゃんからがっぽり報酬ふんだくった上、私が天霧屋の当主の座にまた一歩近付くわけだけど」

「……なんでわざわざ俺に聞く」

「あとでブツブツ言われたら面倒だから。……で？　いいの？」

「………………」

挑発は腹立たしいが、英太の命がかかっている今、真琴に任せるのがもっとも安全であることは間違いなく、天馬は必死に悔しさを抑える。

しかし、プライドが邪魔してか「頼む」というただひと言がなかなか言えず、無理やり押し出すかのように腹に力を込めた――瞬間。

「っていうか、あの雑魚《ざこ》の慶士ですら、自分の守りたいものは自分で守るっていう気概があるのに」

真琴がぽつりと呟《つぶや》いた言葉で、言いかけた言葉がスッと消えた。

同時に、――確かにそうだと、本当に自分はこれで正しいのだろうかと、心の中にたちまちモヤモヤしたものが広がりはじめる。

そして。

「天霧屋のお坊ちゃんには、そういうの、全然ないんだね。あるのは、自分が死んで時間を稼ぐっていうくだらない最終兵器だけで」

「…………」

バッサリと言われて込み上げてきたのは、苛立《いらだ》ちよりも、本当にその通りだという納得感だった。

途端に、祓屋など滅びるべきだと思いながら、だらだらと現状維持を続けてきた自分のこれまでの姿勢が脳裏に次々と浮かんでくる。

その中には、天馬の心の根底にある、父親の死の瞬間の記憶も混ざっていて、大きなインパクトを放っていた。

「お前はくだらない最終兵器なんて言い方をするが、……祓屋は結局、知りもしない誰かを守って死ぬ運命だろ」

なかば無意識に口にしていたのは、誰にも言ったことのない卑屈な本音。

「天馬……」

唯一天馬の過去を知る鹿沼が、小さく瞳《ひとみ》を揺らした。

しかし、真琴は突如天馬の顎《あご》を摑《つか》んだかと思うと強引に上向かせ、大きな目で天馬を睨《にら》みつける。

「いや、急になんの話してんのよ。慶士が守ろうとしてるのは、知りもしない誰かじゃなくて天霧屋そのもの。……で、今あんたが守らなきゃって焦ってるのは、英太の命でしょ」

「…………」

「人に説明されなきゃそんなこともわかんないなんて、頭の処理能力大丈夫？　ていうか、運命なんてざっくりしたもので目の前の目的を曖昧《あいまい》にしてるから、最終兵器を使わざるを得ないくらい追い込まれるんでしょうが」

天馬はその剣幕にポカンとしつつも、なぜ真琴が自分にそんなことを言うのだろうかと、妙に冷静に考えていた。

わざわざ天馬を焚《た》きつけなくとも、さっき言っていた通り、自分の目的のために自由に動けばいいだろうに、と。

ただ、真琴のシンプルでわかりやすい言葉は、天馬の長年かけて凝り固まった卑屈な心にも、少なからず響くものがあった。

「……そう、だな。俺も動くべきだ。英太を死なせられないし、……天霧屋を、みすみすお前に渡すわけにもいかない」

「やっと厨二病《ちゅうにびょう》から覚めた？」

「厨二病はやめろ。……ともかく、どれくらい通用するかはわからんが、とりあえず現場へ行く」

「そっか。……じゃあそういうわけで、手伝ってあげよっか」

「……どういうわけだ」

急な提案に、天馬はふたたびポカンとする。

かたや、真琴は遊びにでも行くかのように楽しげに、天馬の腕を掴んで立ち上がらせた。

「まぁ、天馬の実力もいい加減見てみたいしね」

「俺の実力……？　お前、二度も居合わせて散々馬鹿にしただろ」

「いや、ああいう手抜きじゃなくて、ちゃんとしたやつ」

「一度も手を抜いた覚えはないが」

「まあまあ。別に、天馬は普段通りにしてりゃいいから」

天馬にはまったく理解ができなかったが、腕を強引に引っ張られながらふと脳裏に浮かんできたのは、初めて真琴と会ったときに言われた言葉。

――「さっきみたいに余裕こいてたら、そこらの浮遊霊にまで隙をつかれるから気をつけて」

あのときは、嫌味を言われたのだろうと思い適当に流したけれど、二度も似たようなことを言われたとなると、なにやら秘めた力でも期待されているような気がしてならなかった。

「おい、……俺は確かに天霧屋の正統な血を引いているが、お前が期待するような奥の手はないぞ」

自分で言うのは虚《むな》しいが、それを計算に入れられていたら事故になりかねないと、天馬は咄嗟《とっさ》に否定する。

けれど、真琴はそれには触れず、本堂に鹿沼を残したまま天馬を引っ張って自室へ、正確には天馬の元自室の方へ廊下を進んだ。

「とにかく、私も一緒に行く。支度するから待ってて」

「……なんなんだ、お前」

「天馬だって前に海で言ってたじゃん。お前を見てたら、なにかがわかるような気がする、みたいなこと。今考えたら、あのセリフも結構イタいよね」

「あれは……！　少なくとも、お前と組むとかそういう意味じゃない」

「私だって組むつもりなんかないよ。なにせ私は奪う側なんだから」

「……だったら、いったいなにが目的なんだ」

「別に、ただの興味本位。とにかく、ちょっと準備してくる。逃げられたら困るから天馬も来て」

真琴はそう言うと、嫌がる天馬を無視してさらに廊下を進み、そのまま自室へと入っていく。

かと思えば戸を開け放ったまま押入れをゴソゴソし始め、天馬は慌てて戸をピシャンと閉めた。

あまりの勢いに建物が振動し、奥から世話役が心配そうに顔を覗かせる。

天馬は、心配ないという意味を込めて首を横に振りながら、なぜこっちが気を遣わねばならないのだと頭を抱えた。

しかし、真琴は着替えてきたのかと思いきや、さっきと同じパーカー姿で現れ、天馬に親指を立てる。

「……お前、なにしに戻ったんだ」

尋ねると、真琴は背中に担いだ大きなリュックを天馬の方へ向けた。

「道具を取りに」

「道具……？　まさか、悪霊祓《ばら》いのか」

「当然でしょ。まさかってなに」

いたって普通の答えだが、むしろ天馬は驚いていた。

なにせ、真琴はこれまでに、ビニール傘だのサップのパドルだのと、祓師《はらいし》の道具とはかけ離れた適当なものを使って悪霊を祓っている。

もはや専用の道具など必要としていないのだろうと思っていたくらいだが、そんな真琴がわざわざ準備したとなれば、気になってしまうのは当然の心理だった。

とはいえ、小さな意地が邪魔して聞くわけにはいかず、天馬は興味がないふうを装い、玄関へ向けて先に廊下を進む。

「……行くぞ」

真琴は満足そうに頷《うなず》き、天馬の横へ並んだ。

自宅を出ると、奥にある道場から門下たちの声が聞こえてきたけれど、天馬は一度足を止めつつ、結局立ち寄らずに山門へと急ぐ。

以前までは、依頼とあらば実戦慣れのために数名の門弟を連れて行っていたが、危険な悪霊の出現が疑われる今、そんな余裕などなかった。

そのとき。

「祓屋集団ってさぁ、大昔からあるけど、基本的に祓師同士は馴《な》れ合わないんだよね。いわば、フリーランスの集まり、みたいな」

真琴がぽつりと呟いた言葉で、天馬は眉間《みけん》に皺《しわ》を寄せた。

「なにが言いたい」

「ここはすっかり家族みたいな感じになっちゃってるからさ。天馬が道場に向けてた視線とか、見てらんなかったなぁって」

「いちいち揶揄《やゆ》するな。そもそも、祓師がありがたがられた時代なんかとっくに終わって、今や視えるっていうだけで異常者扱いだぞ。門下の多くは、普通じゃない能力を持って生まれ、社会から追いやられた奴らだ。家族のような絆《きずな》が生まれるのは当然の流れだろ」

「今となっては、はみ出しもの集団に成り下がったって？」

「好きなように言え。お前にはわからん話だ」

「いや、――わかるよ」

「は？」

一瞬真琴の声色が変わった気がして、天馬は反射的に視線を向ける。

しかし、真琴はいたっていつも通りで、憎たらしい笑みを浮かべた。

「確かに、家族ごっこしてる祓屋集団、他にもいくつか見てきたかも。何年も前だから、もうとっくに滅びてるかもしれないけど」

「お前が寺破りしたんじゃないだろうな。まさに今、天霧屋にやってるように」

「寺破りか。さすが、厨二病は言葉選びが違う」

「だから、その言い方はやめろ」

「ちなみに、不正解。私、お金ないところに興味ないもん。天霧屋はダントツでボロ儲《もう》けしてるから狙っただけ。しかも雑魚《ざこ》ばっかだし」

「……クズだな」

「あ、それで思い出したんだけど、奈良の祓屋はツブ揃いだったけど超貧乏でさ、みんなギリギリの食生活なのに当主だけ異様に色艶《いろつや》よくて、怪しいから尾行してみたら、納戸に自分専用の食料庫を隠してたんだよ。贅沢品《ぜいたくひん》を買い漁《あさ》って、夜な夜な倉庫で食べてたみたい。なんか、落語にありそうなオチだよね」

「……うるさい。もう喋《しゃべ》るな」

「あそっか、ごめん。搾取って意味では、ここも似たようなもんだった」

「だから、喋るなって！……せめてここを出てからにしてくれ」

なんとなく予感はしていたけれど、真琴の話の矛先は結局天霧屋に向き、天馬は慌てて真琴を制する。

こんな場所では、誰が聞いているかわからないからだ。

一方、真琴はまったく怯《ひる》むことなく、なおも楽しそうに言葉を続けた。

「そうやって目を逸《そ》らし続けたところで、そのうちボロが出ると思うよ。もっとも、鹿沼みたいに、抜け出しつつも古巣をしっかり利用するようなちゃっかりした人間ばかりならいいけどさ、門下のほとんどは世間知らずなんだろうし。もちろん、天馬も含めてね」

「……わかったようなことを言うな」

文句を言いながらも、いつも痛いところを衝《つ》いてくる真琴に、天馬はまたしても動揺していた。

現に、天馬には、当主の引退と共に天霧屋の歪《ゆが》みは正せるはずだと、悠長に構えて目を逸らしていた部分が少なからずあったからだ。

しかし、当主は九十七歳になった今も健在どころか、同じような金の亡者に天霧屋を渡しかねない状況にある。

つい表情に出てしまいそうで、天馬は真琴を振り切るように歩調を速めた。

「ちょっ……、待ってよ。置いて行く気？」

「一応聞くが、俺の車に同乗する気じゃないだろうな」

「する気に決まってるでしょ。一緒に行くって言ってんだから」

「……マネージャーは」

「金福なら、こっちが呼ばないと来ないよ。お金に関わる話をしてるときは、自然と湧いて出てくるんだけど」

「……クズなのは十分わかったが、せめて隠そうとする努力くらいしろ」

「自分だって、金の亡者の恩恵を受けてる癖に」

そう言いながら真琴が指差したのは、すでに山門の前で車のエンジンをかけて待ち構えていた、天馬専属の運転手を務める世話役。

あまりのタイミングの良さに返す言葉がなく、天馬は思わず額を手で覆った。

居たたまれない気持ちで車に近寄ると、世話役は天馬に気付き会釈をする。

「今日は、どちらへ」

「今日は急ぐから車を使うが、運転は自分でやる」

「しかし」

「行き先が、かなり危険な場所なんだ。お前まで守れない」

「………」

いつもはもう二、三言葉を返してくる世話役も、理由が理由だけに食い下がることなく、天馬たちに深々と頭を下げて立ち去って行った。

そして、遠慮なく後部シートに乗り込む真琴に溜《た》め息をつきつつ、運転席のドアを開けた——そのとき。

突如、地面がぐらりと大きく揺れた。

「っ……」

揺れはすぐに止んだものの、動揺が落ち着くやいなや天馬の頭を過《よぎ》ったのは、鹿沼から聞いた話。

とはいえ、この辺りまで影響があるなんて聞いておらず、天馬は念のために地震情報を確認するため、携帯を取り出す。

しかし。

「あー……、問題の悪霊、結構育っちゃってるのかも」

真琴が窓を開けながら面倒臭そうに零《こぼ》したひと言で、心にモヤッとしたものが広がった。

「育ってる、だと……？」

「っぽくない？　地面を揺らすような特殊な悪霊が他にいるとは思えないし、多分、育って影響範囲が広がったんだよ」

「こんな急激に、あり得ないだろ……」

「悪霊なんてそれぞれ違うんだから、あり得るもあり得ないもないんだってば。天馬はもっと、そのときの状況で判断すべき」

「…………」

真琴の言葉はぐうの音も出ない正論であり、実際、何度リロードしようとも、地震情報は一向に表示されなかった。

真琴はやれやれといった様子で肩をすくめ、自分の携帯を操作したかと思うと、天馬の前に画面を掲げる。

そこにはSNSのタイムラインが表示されており、鎌倉近隣で揺れを感じたという投稿が次々と流れていた。

「鎌倉駅周辺も少し揺れたみたいだから、範囲が一気に広がったよね。少なくとも、半径一キロくらいかな」

「そんなところまで……、本当に、いったいなにが……」

「まぁ行ってみなきゃわかんないけど、ひとつ思い当たるとすれば、祓師《はらいし》の気配に煽《あお》られた……とか？」

真琴がサラリと口にした言葉で、天馬は思わず目を見開く。

途端に、天馬たちよりも先に源氏山に向かった慶士と英太のことが、頭に浮かんだからだ。

しかも英太に関しては、真琴いわく、死相が出ているという。

たちまち全身から血の気が引き、天馬は急いで運転席に乗り込むと、即座にアクセルを踏んだ。

車体が大きく揺れ、後部シートで真琴が悲鳴を上げる。

「ちょっ……、く、首が……！」

「飛ばすから摑《つか》まれ」

「飛ばす前に言ってよ……！　運転やばいって……！」

真琴は文句を言うが、今の天馬に聞き入れる余裕はなかった。

そもそも運転云々《うんぬん》以前に、世間からあえて隠れている天成寺は敷地を出るまでオフロードが続き、当主が好む高級セダンとは相性が悪い。

天馬は悪路にハンドルを取られそうになりながらもようやく敷地を抜けると、さらに速度を上げて源氏山公園の方へ向かった。

源氏山公園の付近に到着したのは、約五分後のこと。

時刻は昼過ぎだが、空はどんよりと曇っていて、いかにも不穏な空気を醸し出していた。

ちなみに、源氏山公園とは、六十年程前に鎌倉市の風致を守る都市計画の一環として造られた、広大な敷地を有する都市公園のひとつだ。

敷地内にはハイキングコースや、それに沿うようにいくつもの広場が設けられていて、源氏山の山頂から鎌倉アルプスの美しい景色が見渡せたり、桜の名所があったり、さらには鎌倉時代の公家《くげ》・日野俊基《ひのとしもと》の墓などの史跡があったりと見応《みごた》えがあるものの、観光客にはまだ広く知られておらず、来園者はさほど多くない。

源氏山という名前の由来は諸説あるが、鎌倉の山々の麓《ふもと》に源氏の屋敷があったという説がもっとも有名であり、公園内の広場には源 頼朝《みなもとのよりとも》像が建てられている。

そういった理由から歴史好きな来園者も多く、中にはパワースポットとして訪れる者もいるが、パワースポットとはイコール魂が集まりやすい場所でもあるため、祓師は安易に近寄るべきでないというのが、天霧屋の中での暗黙の了解だった。

天馬もまた、前に源氏山公園を訪れてから、はや十年以上が経つ。

ただ、近寄るごとに伝わってくる異様な雰囲気は、おぼろげにある記憶とずいぶん違っていた。

「気配がかなり多いな……」

「だね」

嫌な予感が込み上げる中、天馬は公園の敷地のギリギリ手前で車を停め、ひとまず羅針盤を取り出す。

針は不安定に揺れながらゆっくり回り続けるという異様な動きをしていて、まるで公園内の混沌《こんとん》とした状況を表しているかのようだった。

天馬は羅針盤を仕舞うと、車から降りて早速公園内へと足を踏み入れ、敷地を東西に横断する道を進む。

真琴もすぐに後に続き、辺りをぐるりと見回してニヤリと笑った。

「公園っていうか、普通に山の中って感じだね。なんか、すごいのが出そう。しかも、大昔のやつ」

「よく笑えるな、こんな状況で」

真琴の心理はまったく理解できないが、「大昔のやつ」という表現に関しては、天馬も同意見だった。

まだ公園に立ち入って間もないというのに、漂う空気の重々しさは、最近現れた二体の悪霊たちに近いものがあったからだ。

なおさら慶士や英太のことが心配になり、無意識に歩調が速くなっていく。――そのとき。

どこからともなく異様な振動音が響いたかと思うと、まるで地中からなにかが突き上げてくるかのように、地面が大きく揺れた。

理解がまったく追いつかないまま、天馬の体は大きく宙に舞い、すぐに地面に打ち付けられる。

体勢を整える隙も与えられないまま、揺れは二度、三度と続いた。

天馬はなんとか道の脇の木に摑まり、揺れが収まるのを待つ。

ふと辺りを見回すと、少し離れた場所で真琴も木に抱きついており、揺れに合わせて小さな悲鳴が響いていた。

ただし、その声は怖がっているというよりどこか楽しげで、途端に、天馬の混乱がスッと凪《な》いでいく。

やがて揺れが止まると、天馬は警戒を保ったまま木から離れ、ひとまず真琴のもとへ向かった。

「ずいぶん余裕だな」

あえて嫌味ったらしく声をかけたが、真琴は気にするどころか、天馬に向けて手を伸ばす。

「ちょっ、立たせて。酔った」

「不謹慎にはしゃぐからだ」

渋々手を引き立ち上がらせてやると、真琴はリュックから水のペットボトルを取り出して一気に半分呷《あお》り、雑に口元を拭《ぬぐ》った。

「あー、スッキリした。ってか、相当揺れたね」

「揺れの元はやっぱりこの公園みたいだな」

「みたいだなって……。やけに曖昧《あいまい》な言い方してるけど、まさかさっきの黒いやつ見なかったの？」

「は？　黒いやつ？」

「なんか、黒くて大きくて、ドロドロ……、いや、ぐにゃぐにゃしたやつ」

「なんだ、それは」

「嘘、本当に見てないんだ？……さすがに無能すぎない？」

煽るような言い方に一気に頭に血が上ったけれど、一刻を争う今は意地を張っている場合ではなく、天馬は奥歯を嚙《か》み締めて無理やり感情を抑える。

「……無能で結構だ。説明してくれ」

「うわ、認めた……。ってか、別に説明してもいいんだけどさ、私とは組まないって息巻いてたくせに、都合がいいときだけ情報を求めるってどうなの？　そんなことして、プライド砕け散らないの？」

「……うるさい。だいたい、人の命がかかってるときに邪魔になるプライドなんか、砕け散ってくれて丁度いいくらいだ。……そもそも、俺はお前にどう思われてもいいからな。慶士や英太が助かるなら、いくらでも貶《けな》せ」

「……へえ、かっこよ」

「おい！　いちいち茶化してないで頼むから早く――」

「――行こう」

とうとう我慢の限界を迎えて声を荒らげたものの、意外にも真琴はスッと笑みを収め、突如天馬の手首を引いて歩きはじめた。

天馬はわけがわからずポカンとするが、真琴はしばらく進んだ後、やがて道の脇を指差す。

「このへんかなぁ」

「……なんの話だ」

「ぐにゃぐにゃした黒いやつが見えた場所」

「…………」

どうやら情報をくれる気らしいと理解するまで、少し時間が必要だった。

さっきの会話のどこで心境の変化があったのかは想像もつかないが、今は悠長に考えている場合ではなく、天馬は真琴が指差す方へ早速足を踏み入れる。

そして、すぐに大きな違和感を覚えた。

なぜなら、その辺りの地面には不自然な隆起があり、表面には大きな亀裂《きれつ》が入っていたからだ。

隆起した地面の幅は一メートル程あり、しかも天馬が立っている道の脇から藪《やぶ》の奥の方までずっと長く続いていて、まるで巨大なモグラが地中を移動したかのような様相だった。

「なんなんだ、これ……」

「私が見た、ぐにゃぐにゃしたやつが通った形跡？」

「ずいぶん当たり前のように言うが、お前、変だと思わないのか？」

「なに？　巨大すぎってこと？」

「それだけじゃなくて、土の中を移動するなんておかしいだろ……。悪霊も元は人だって、ついこの間お前も言ってたじゃないか……」

霊とは本来、恨みや怒りで気配が変化することはあっても、基本的に生きていたときの姿を引き継いでいるため、そこから大きく逸脱するような姿で現れたり、人にあるまじき動きをしたりすることはほとんどない。

例外もあるにはあるが、たとえば生前に強力な呪《まじな》いにかけられるなど、それこそ祓師《はらいし》の間で都市伝説として語られるレベルの稀有《けう》な話だ。

だからこそ、巨大な姿になって土の中を移動するなんて、天馬にはとても信じられなかった。

しかし、真琴はとくに不思議がることなく、もっとも盛り上がっている土の前にしゃがみこんで、首をかしげる。

「大きさはともかく、土の中を移動するってそんなに変かな。悪霊の本体となる肉体が、土の下に埋まってるってことじゃないの？」

「それは、死後に埋葬されたからだろ？　埋葬を恨んで土の中で暴れる霊なんて存在するか？」

「いや、そうじゃなくてさ。そもそも地中に肉体があるからって、きちんと埋葬されたとは限らないじゃん。事故やら天災やら事件やら戦やら……とにかく大勢死んで、まともに供養されずいっしょくたに埋まって少しずつ悪霊化していって……、で、なにかの拍子に呼び覚まされた、みたいなこと、私は普通にあると思うけどね」

「そんな物騒なことが普通にあってたまるか」

あまりに突飛な話に咄嗟《とっさ》に否定したものの、真琴の推測は妙にリアルで、正直、説得力があった。

〝普通にある〟は言い過ぎにしても、良くも悪くもさまざまな歴史を有するこの場所ならばあり得なくはないと、天馬は密《ひそ》かに思う。

ただ、つい最近まで、予想を超えないレベルの悪霊をただ淡々と祓《はら》い続けてきた天馬には、そう簡単には受け入れられなかった。

真琴はブツブツと文句を言いながら、亀裂が入った箇所の土をしばらく弄《もてあそ》び、ふいに立ち上がる。

「ともかく、悪霊だろうがなんだろうが揺れの原因はこの亀裂の犯人なんだし、さっさと本体を探すよ」

「……そう、だな」

天馬は頷《うなず》き、脇から道に戻ると、懐から羅針盤を取り出した。

針はさっき以上に不安定な動きをしていて、不穏な気配が近いことは間違いなく、天馬はいよいよかと覚悟を決める。

しかし、それ以降はとくに異変が起こらないまま、足早に進むこと数分。

いくつかの広場や、源氏山の山頂へと続く分岐を通り過ぎ、やがて視線の先に源頼朝像を有するもっとも広い広場の入口が見えた頃、――突如、真琴が立ち止まった。

「ねえ、なにか聞こえない？」

「どうした」

「なにか……？」

　嫌な予感を覚えつつ、天馬は辺りに耳を澄ます。――そのとき。

「――け……、さん……」

　かすかに耳を掠《かす》めたのは、間違いなく英太の声だった。

「英太……！」

　咄嗟に名を呼んだものの返事はなく、天馬はもどかしい気持ちで周囲をぐるりと見回す。

　すると、広場を囲う木々の隙間から、ほんの一瞬だけ、動くものが見えたような気がした。

「待ってろ……！」

　天馬は衝動のままに駆け出し、入口のずっと手前から、木々の隙間を縫って源頼朝像のある広場の中へと駆け込む。

　そして、景色が大きく開けると同時に、地面に横たわる英太の姿を見つけた。

「英太！」

　そのぐったりとした様子を見るやいなや死相のことが頭を過《よぎ》り、天馬は慌てて足を踏み出す。――しかし。

すぐに追いついた真琴が、天馬の着物の背中を強く引いた。

「待って！」

「なんだよ……！」

苛立《いらだ》ちを露《あら》わに振り返ると、真琴は神妙な面持ちで地面を指差す。

「よく見て。……変でしょ」

「なに言っ……」

昂《たかぶ》っていた気持ちがスッと引いたのは、天馬のすぐ目の前を横切る地面の亀裂《きれつ》を目にした瞬間のこと。

それは英太との間を遮るかのように左右に長く走り、亀裂の隙間からは異様な気配が漏れ出ていた。

「これは……、さっきと同じ、地面の中を通った跡か……」

「跡は跡だけど、この気配からして本体も相当近いよ」

「だったらなおさら早く英太を……！」

「だから落ち着いてってば。多分、これ罠《わな》だから」

「は？　罠……？」

「そう。祓師を捕まえるための罠で、英太は餌」

「いや、そんな知恵があるわけが——」

「天馬！」

真琴が叫ぶのと、亀裂から黒いなにかが飛び出してきたのは、ほぼ同時だった。

咄嗟に身構えたものの、それは素早く天馬の足首に絡まり、信じ難い程の力で締め付ける。

「な……っ」

あまりの素早さと力に一瞬頭の中が真っ白になったけれど、天馬は即座に懐から呪符《じゅふ》を取り出し、祝詞《のりと》を唱えた。

途端に、足首を摑《つか》んでいた力がふっと緩み、気配もスッと消えていく。

足首にはいまだ黒い塊が絡まっていたが、もはや土同然であり、動き出しそうな気配はない。

「なん、だったんだ……」

あまりの出来事に、零《こぼ》れた呟《つぶや》きは少し震えていた。

一方、真琴は目を輝かせ、天馬の顔を覗《のぞ》き込む。

「ねえ……、すごいじゃん、今の」

「は……？」

「いや、脊髄《せきずい》反射のように呪符を出したかと思えばつらつら祝詞を唱えるもんだから、衝撃受けちゃって」

「……舐《な》めてんのか」

「ってか、海で悪霊祓ったときから薄々感じてたんだけど、天馬の呪符の威力、凄《すご》くない？　祝詞唱え出した瞬間から空気が変わるくらい、効果に瞬発力あるし。今だって、……まあ悪霊のごくごく一部っぽいけど、あっさり追い払ったわけだし」

「いい加減にしろ……」

天馬が苛立つのも無理はなく、呪符も祝詞も祓師にとっては基本中の基本であり、それらがマトモに使えなければそもそも成り立たない。

そんなことを褒められたところで、馬鹿にされているとしか思えなかった。

しかし真琴は心外とばかりに目を丸くし、首を横に振る。

「いや、普通に褒めてるんだけど」

「わけのわからん道具であっさり祓う奴が言っても嫌味でしかない」

「いやいや、基本をいかに重ねるかは、祓師の一番核になる部分だよ？　応用の術だって、結局威力は基本で培ったものに左右されるわけだし。でも、私はコツコツやるみたいなダルいの苦手でさ、天馬はどんだけやってきたんだろうって思うと、なんか感動すらしちゃって」

「…………」

やはりどう考えても馬鹿にされていると、天馬はまともに相手にするのをやめ、今度こそ英太のもとへ向かう。

幸いというべきか、英太は意識こそ朦朧《もうろう》としていたものの、目立った怪我は見当たらなかった。

天馬は英太を仰向《あおむ》けに寝かせ、肩にそっと触れる。

「英太」

名を呼ぶと、英太はうっすらと目を開き、天馬と目が合うやいなやガバッと体を起こした。

「て、天馬さん……！」

「いいから動くな。なにがあった」

無理やり肩を押し返すと、英太は少し目を泳がせた後、ようやく落ち着いたのかわずかに表情を緩めた。

「なにが、って……、その、なんか、土からいきなり妙なのが現れて……、でも俺、強い霊障に当てられて動けなくなって……、そこから、記憶がちょっと曖昧《あいまい》なんです……。すみません……」

「謝るな、無事ならいい。……それで、慶士は？」

「慶士、さんは……、気配の元を辿《たど》って、向こうに……」

そう言って英太が指差したのは、広場のさらに奥の、源頼朝像の辺り。

視線を向けた天馬は、思わず息を呑《の》んだ。

それも無理はなく、像の周りには、根本から掘り返された植木やバラバラに壊れた竹《ちく》柵《さく》が散乱し、遠目に見てもわかる程に荒れ果てていたからだ。

まるで一戦交えた後のような様相に、心臓が嫌な鼓動を鳴らしはじめる。

「慶士……」

天馬は立ち上がり、慶士を捜すべく、像の方へ足を踏み出した。――そのとき。

「て、天馬さん……、それ……！」

英太が突如天馬の足元を指差し、悲鳴のような声を上げる。

「どうした？」

なにごとかと視線を落とすと、天馬の足首には、さっき払い残した黒い塊がびっしりと張り付いていた。

「ああ……、大丈夫だ。こいつはもう動かないから」

天馬はそう言いながら、足を大きく振って黒い塊を払う。――瞬間。

「げ……」

今度は真琴がさも嫌そうな声を上げ、眉根《まゆね》を寄せた。

なぜなら、天馬の足首から落ちた塊の中に、なんだか見覚えのあるものが混ざっていたからだ。

「これ……、まさか、爪か……？」

天馬が零した呟きの通り、それは、人間の爪らしきもの。

すっかり黒ずんで朽ちかけているが、形や質感からして、そうとしか思えなかった。

たちまち嫌な予感がして、天馬はさらに中を確認するため、その場に膝《ひざ》をつき塊をそっと崩す。

すると、爪の他にも、人骨と思《おぼ》しきいくつかの小さな破片が出てきた。

「ってことは……、この、黒い塊は……」

「死体だね。それも、大昔の。天馬の足に絡まってたのは、手の部分かな」

真琴が答えた瞬間、英太が真っ青な顔をし、嗚咽《おえつ》を堪《こら》えるように口を押さえる。

一方、天馬は不気味さ以上に、得体の知れない恐怖を覚えていた。

人体の一部が出てきたことで、土の中を移動するというこの極めて異様な存在の正体は、やはり悪霊であると、――つまり、元は人であったことが証明されたも同然だからだ。

どこか信じきれずにいた天馬は、目の当たりにした事実に愕然《がくぜん》とした。

「あれが、もともと人だと……？」

「ほらね、言った通りでしょ」

「ただ、……俺を掴んだのは本体というよりごく一部というか……、なにかの生き物の触手のように見えたが……」

「だね。まあ、ここで死んだ人たちがたくさん寄り集まって、なにかの生き物を模《かたど》ってる可能性もなくは――」

ドン、と強い衝撃が響いたのは、その瞬間のこと。

周囲に大きく砂埃《すなぼこり》が舞い、すぐ近くで異様な気配が一気に膨張した。

「なにか来た……！」

天馬は咄嗟《とっさ》に英太を背中に庇《かば》い、呪符を握る。

とはいえ砂埃のせいで視界が悪い上、気配は奇妙に拡散しており、警戒すべき方向が上手《うま》く定められなかった。

そんな中、真琴は地面に座り込んだまま、とくに取り乱す様子もなく周囲をぐるりと見回す。

「すご……、接近してることすら全然気付かなかった。にしても、気配を隠すの上手すぎない……？　土の中を移動してるってのもあるだろうけど、やっぱ気配の集合体だから……？」

ずいぶん悠長に分析しているが、そのときの天馬には、耳を傾けている余裕などなかった。

なにせ、砂埃は止むどころかみるみる砂嵐と化し、最悪な視界の中、唯一の頼りとなる気配に集中することで精一杯だったからだ。

しかしこのままではなにもできず、ひとまず安全な場所まで後退をと考えた天馬は、できるだけ気配の薄い退路を探す。――そのとき。

「わああっ……！」

突如英太の叫び声が響き、振り返った天馬は思わず目を見開いた。

視界に映っていたのは、砂嵐の奥から現れた黒いものに両腕両足を搦《から》め捕られる、英太の姿。

手を伸ばしたものの間に合わず、英太はあっという間に砂嵐の奥へと連れ去られていった。

あまりに一瞬の出来事に思考が追いつかず、天馬の頭は真っ白になる。

ただ、頭より先に体が勝手に反応し、天馬は衝動のまま、英太が消えた方へ向かって砂嵐の中に飛び込んでいた。

激しく砂が舞う中では目も開けられなかったが、天馬は英太のかすかな気配を頼りに足を進める。

すると、しばらく進んだあたりで、突如砂嵐がぴたりと止んだ。

なにごとかとおそるおそる目を開けた天馬は、正面の状況を見て、思わず一歩後退《あとずさ》る。

なぜなら、ほんの数メートル先の地面に、これまでとは比較にならないくらいの巨大な亀裂《きれつ》が走っていたからだ。

それは左右数メートルにわたって丘のように隆起し、大きく開いた亀裂から、重々しい空気が溢《あふ》れ出していた。――そして。

「天馬、さん……」

ふいに聞こえてきたのは、細く掠《かす》れた英太の声。

「英太……？」

途端に嫌な予感が込み上げ、天馬は隆起した地面を駆け上がって亀裂の中を確認し、思わず息を吞んだ。

天馬が目にしたのは、亀裂の間に挟まり、今にも地中に引き込まれそうになっている英太の姿。

縁に摑《つか》まってなんとか抗《あらが》ってはいるが、その肩や腕には黒いものがびっしりと巻き付いていた。

天馬は慌ててその場に膝をつき、英太の体に巻き付く黒いものを必死にむしり取るが、それは亀裂の隙間から次々と現れ、首や頭にまで絡みついていく。

そして。

「てん――」

亀裂の縁が崩れると同時に、天馬の目の前で、英太の体は亀裂の奥深くへ吞み込まれていった。

途端に、辺りはなにごともなかったかのようにしんと静まり返る。

「英太……！」

天馬は無我夢中で亀裂の中に手を突っ込むが、指先に触れるのは、冷たい土の感触のみ。

そこにはもう、英太の気配はもちろんのこと、さっきまであったはずの悪霊の気配すら綺麗《きれい》に消え去っていた。

天馬には、ほんの数十秒の間に起こった最悪な出来事をなかなか処理することができず、しばらく呆然《ぼうぜん》とする。

しかし、次第に、自分には英太を助けることができなかったという現実が、全身に重くのしかかった。

真琴から死相の話を聞いていたというのに、なぜもっと注意を払っておかなかったのだろうと。

すると、そのとき。

「あれ？　追わないの？」

今頃真琴がやってきて、ずいぶんのん気な質問をした。

その声はいたって普段通りであり、一気に苛立《いらだ》ちが込み上げてくる。

「お前も、見てたんじゃないのか……？」

「ん？」

「英太が、今……」

「ああ、うん。見てた」

「……よくも、そんなに平然と言えるな。お前、他人《ひと》の命はどうでもいいのか……？

むしろ、お前なら救えたんじゃないのか……」

「かもしれないけど、でも、天馬の方が足が速……」

「ふざけるなよ……！」

叫びながら、これは責任転嫁であり八つ当たりだとわかっていた。

仲間でもなく、むしろ天霧屋の崩壊を狙っているような人間に、自分はなにを求めているのだろうと。

ただ、そのときの天馬は、そうでもしなければ後悔と絶望を自分の中で消化することができなかった。

かたや、真琴は天馬の言葉を無視して近寄ってきたかと思うと、その場にしゃがみ込んで、天馬がむしり取った黒い塊の残骸《ざんがい》をまじまじと観察する。

「これも全部、人間の体の一部だね。ぱっと見爪やら細い骨やらが多いから、全部手かな。思った以上の数の死体がいっしょくたになってるみたいだけど……、この痕跡《こんせき》からして、長く連なってるっぽい」

「………」

「で、ムカデみたいに、体のいろんなところからたくさんの手が伸びてる感じ？……キモ」

ブツブツと呟《つぶや》く声を聞きながら、どうやらこの女にはなんの言葉も響かないらしいと、天馬はただぼんやりと考えていた。

それと同時に、心のどこかで、いざというときは力を借りられるのではないかと考えていた自分の狡《ずる》い部分に気付いてしまって、情けなさに押しつぶされてしまいそうだった。

一気に気力を失い、天馬はその場で脱力する。

すると、真琴が不思議そうに天馬の顔を覗《のぞ》き込んだ。

「ってか、なにぼやっとしてんの？」

「もう、いい。……俺には無理だ。好きにしてくれ」

「……なにを？」

「天霧屋に決まってるだろ。……もうわかった、俺に門弟は守れない。……いずれにしろ崩壊するなら、俺のもとで無惨な死に方をするよりは、少々苦労しようが生きてくれた方がずっとマシだ」

「……え？」

「え？　じゃない。俺の気が変わらないうちに……」

「ちょっと待ってよ。あんた。英太を助けないの……？」

「──は？」

その瞬間、すれ違いっぱなしだった会話の歯車が、ほんのかすかに、嚙《か》み合ったような手応《てごた》えを覚えた。

勢いよく顔を上げる天馬を見て、真琴は眉《まゆ》を顰《ひそ》める。

「早くしないと死んじゃうよ？　あの子、ただでさえ死相出てんだから」

「お前まさか、まだ間に合うと……」

「いや、逆に諦《あきら》めてたの？」

「…………」

「嘘でしょ、諦め早すぎだって。……まだ生きてるよ、多分。……いやギリかも」

ずいぶん不謹慎な言い方だが、そのぶんただの希望を語っているような雰囲気は感じ取れず、今の天馬にとって、それは大きな救いだった。

「生きてる、のか……？」

一気に気力が復活し、咄嗟《とっさ》に羅針盤を取り出すが、やはり針はただただ回るばかりで、依然として気配の方向が定まらない。

「くそ、役に立たない……！」

天馬は羅針盤を両手でしっかりと支え、わずかな反応をも見逃すまいと真剣に針を見つめる。

すると、真琴が横から手元を覗き込み、小さく肩をすくめた。

「プルプルして全然駄目じゃん」

「……気配が多すぎるんだ」

「まぁ、相手は魂の寄せ集めだから、そうなるよね。多分、土の中で行動範囲を広げながら、次々と同朋《どうぼう》たちを巻き込んでるんじゃないかな」

「急成長したのは、そういうことか……」

「多分。だから気配は増えていく一方だし、もうそんな道具は役に立たないよ」

「……うるさい。今はこれしか頼るものがない」

「そうかな」

「は？」

「そんな古めかしい道具なんかに全幅の信頼を寄せなくたって、天馬はもっと、自分の感覚を信じた方がいいんじゃないの？」

「なに言っ……」

言いかけた言葉が不自然に途切れたのは、ふと、なにかが心に刺さったような感触を覚えたからだ。

羅針盤は、祓師《はらいし》にとっては必須《ひっす》とされる道具であり、とくに天馬が手にしているのは三善家に代々受け継がれてきた貴重なものだ。——と、真琴に言い返すための言葉ははっきりと浮かんでいるのに、「古めかしい道具」という身も蓋《ふた》もない言い方に、妙にしっくりきている自分がいた。

少し前の自分ならあり得ないことだが、キッカケとして考えられるとすれば、真琴の存在に他ならない。

もしかすると、真琴が傘で悪霊を祓《はら》う衝撃的な姿を見た瞬間から、心の中でなにかが変化しはじめていたのかもしれないと、天馬は思う。

「……俺の、感覚」

「そう。正統な血統を継ぐ人間が、羅針盤に劣る程鈍いはずないからさ」

真琴はそう言いながら、羅針盤の上に手のひらを翳《かざ》し、天馬の視線を遮る。——瞬間、役に立たない羅針盤への焦りや込み上げる不安がスッと消え、全身の神経が研ぎ澄まされていくような手応えを感じた。

肌に触れる風はさっきより冷たく、木々のざわめきは脳を揺らす程に大きく響き、天馬は慣れない感覚に一瞬混乱する。

しかし。

「まだまだ浅い。もっともっと集中して。感じ取れるもの全部の中から、天馬が知らないモノを見つけるんだよ」

真琴がそう言った途端、まるで心を操られているかのように混乱から醒《さ》めた。

心の中では、これはいったいどういう現象だと冷静に考えている自分がいる半面、初めての奇妙な感覚にもっと浸っていたいという思いもあり、しかも後者が優位になる程に、感覚はより研ぎ澄まされていく。

ついには、この場所からずっと離れているはずの踏切の音や、潮騒《しおさい》までが聞こえはじめた。

「嘘だろ……、踏切が……」

「いやいや、それは範囲を広げすぎだよ。天馬が探すべきなのは、もっと近くにある天馬が知らないモノだってば」

「もっと、近くに……」

「そうだよ。あるでしょ、おかしなものが」

普段の天馬なら、〝天馬が知らないモノ〟などという雑すぎる説明など、聞く気にもならなかっただろう。

ただ、そのときに限っては、慣れない感覚の中、言われた通りの異様なものの存在に薄々気付いている自分がいて、真琴の表現を否定することができなかった。

それは、まるで線香の煙のように細く儚《はかな》く遠くから漂ってくる、まさに〝天馬が知らないモノ〟。

「まさか、これが、悪霊の気配……」

「お、見つけた？　どっちから漂ってる？」

「空気の流れに紛れてかなり曖昧《あいまい》だが、……多分、源頼朝像の方から」

「はい正解」

真琴に肩をぽんと叩《たた》かれ、天馬は途端に我に返った。

研ぎ澄まされていた感覚も一気に普段通りに戻り、急な変化の影響か、天馬は酷《ひど》い頭痛と疲労感を覚える。

そんな中、真琴は天馬の手の上の羅針盤を掴《つか》み取ったかと思うと強く握り、バリンと不穏な音を響かせた。

「お、おい……！」

まさかの出来事に天馬は頭痛すら忘れ、真琴の手を掴んで無理やり指を開く。

しっかりと握られていた羅針盤は、表面を覆うガラスが割れているだけでなく、針が無惨に曲がっていた。

「これ、もう要らないかなって思って」

「なにも壊す必要ないだろ！　しかも素手で……、ゴリラかお前……！」

「あると、どうしても頼っちゃうかなって」

「だとしても、余計な世話だ！」

「って言うけど、そんな二束三文にもならない古い道具より、たった今得たものの方が大きいと思うよ」

「………」

言い返せないのは、悔しくも、真琴の言葉に納得している自分がいたからだ。

これまでは、霊の気配を辿《たど》るとなったとき、もちろんもともと備わっている鋭さも重要ではあるが、羅針盤がもっとも正確だと信じて疑わなかった。

けれど、さっきのように研ぎ澄まされた感覚の中では、個々の気配の元をはっきりと辿れるぶん、羅針盤よりもずっと精度が高い。

真琴は、そんな天馬の考えを見透かしているのか、勝ち誇ったような笑みを浮かべた。

「納得した？」

「……確かに、あんなのは、初めてだった」

「道具なんかをありがたがって、頼りきってたからでしょ。でも、もうコツを摑んだみたいだし、そのうち無理に集中しなくても自然にできるようになるよ」

「……ちなみに、お前――」

「うん？」

「……いや」

真琴はこれまで当たり前にあれをやってきたのか、と。言いかけたものの、わざわざ聞くまでもないと思い直し、天馬は首を横に振った。

それと同時に、これでは祓師として大きな差が付いて当然だと、密《ひそ》かに納得していた。

「なに？　言いかけて止められると気持ち悪いんだけど」

「とりあえず、気配の元に行く。もう時間がない」

「ちょっ……」

真琴はブツブツと文句を言うが、天馬はそれを無視し、さっき感じ取った気配を頼りに源頼朝像へと急ぐ。

真琴もまた、時間がないことは認識しているのだろう、不満げながらも天馬の後に続いた。

辺りの空気は像に近付く程に重く澱《よど》み、天馬はさっき見た気配の出所はやはり正しいらしいと、改めて確信を持つ。

やがて像の少し手前まで迫ると、より正確な場所を特定すべく、ふたたび集中を試みた――そのとき。

「天馬、脳き……じゃなくて慶士が」

ふいに真琴が慶士の名を口にし、天馬の心臓がドクンと揺れた。

「どこに……！」

込み上げる不安から、思わず声が大きくなる。

するると、真琴はすぐ目の前にある高台に建つ、源頼朝像を指差してみせた。

「像のとこだよ。台座の下らへん」

正直よく見えなかったが、天馬は衝動のままに駆け出し、像へと続く七、八段の階段を一気に駆け上がる。

「足速いな……」

背後で真琴が悠長に呟《つぶや》くが、反応している余裕はなかった。

天馬は像の手前に散らばった竹柵《ちくさく》の残骸《ざんがい》を飛び越え、膝《ひざ》の高さのツツジを掻《か》き分けながら像の間近まで走る。

そこには、像の台座に頭をあずけて横たわる、慶士の姿があった。

酷くぐったりとした様子に、全身からサッと血の気が引く。しかし。

「慶士……！」

名を呼ぶと、慶士の瞼《まぶた》がかすかに反応した。

ひとまず生きていたことに安心し、天馬はほっと息をつく。

しかし、ゆっくりと開かれた慶士の目は小刻みに揺れ、恐怖と動揺が色濃く滲《にじ》んでいた。

「天、馬……？」

「どうした、なにがあった？」

「……化け物、が」

そのひと言で、慶士がなにを見たのか想像するのは容易だった。

よく見れば、慶士の着物の胸元は大きく裂けて血が滲み、手にはボロボロの木刀が握られている。

それは、武術の得意な慶士が、刀身に呪符《じゅふ》を貼って悪霊祓《ばら》いの道具として愛用しているものだが、無惨にもその呪符を裂くように真ん中から折れ、剣先の部分は見当たらなかった。

満身創痍《まんしんそうい》の姿に、ようやく追いついた真琴が苦々しい顔をする。

「だから、無理だってあれ程言っ……」

「真琴」

ボロボロの慶士をまだ追い込む気かと、天馬は即座に制すが、真琴は邪魔するなとばかりに睨《にら》み返し、慶士の前に膝をついた。

「実際そうだったじゃん。慶士は自分の力を過信しすぎなんだよ」

「……黙れ。あんな化け物、到底無理だ……。一度天成寺に戻って、態勢を立て直して……」

「そんな暇ないってば」

「な、に……？」

「慶士が勝手に連れてきた英太が、悪霊に連れて行かれちゃったからね。……もうそろそろ、限界かも」

途端に、慶士が大きく目を見開いた。

咄嗟《とっさ》に体を起こそうとするが、怪我のせいで力が入らないのかすぐに脱力し、手にしていた木刀がカランと音を立てて地面に転がる。

真琴はそれを拾って血の滲んだ柄《つか》をまじまじと見つめながら、やれやれといった様子で溜《た》め息をついた。

「あんたみたいに、筋肉と気合いさえあればどうにかなるっていう考えの人、結構多いんだけどさ。実際、どうにもならないんだよね」

「…………」

「で、そういう弱い奴が上に立つと、周りの人間からどんどん死んでいくの。しかも、徒党を組んでる奴らって大概、罪悪感やら責任逃れやらのために、それを名誉ある死とか言うわけ」

「俺は……」

「正直、ゴミ以下の言い訳だと思うんだよね、そういうの」

ずいぶん偏った決めつけだと思いながらも、天馬はなにも言えなかった。

偏っているからこそ妙にリアルに聞こえ、なにより、いつもと違って抑揚のない真琴の口調が意味深だったからだ。

もしかすると、自らの過去の出来事と重ねているのではないかと、天馬はふと思う。

同時に、馴《な》れ合いを嫌い、単独で行動するようになった真琴のこれまでの経緯が気になりはじめた。

とはいえ、聞いたところで真琴がまともに答えるとも思えず、そもそも敵の過去なんか知ってどうすると、天馬は首を横に振ってその考えを振り払う。

一方で、敵という表現が前よりしっくりこなくなっていることに、わずかな違和感を覚えていた。

「……駄目だ、余計なことを考えるな」

つい考えが口に出てしまい、真琴が天馬を見上げて首をかしげる。

天馬は動揺しつつもその視線を無視し、頭を切り替えて慶士の肩に触れた。

「とりあえず、俺は今から英太を助けに行く。悪霊の気配はこの辺りだから、動けそうなら少し離れてててくれ」

慶士はボロボロになってもなお対立の姿勢を崩す気はないのか、天馬とは目を合わせず、悔しそうに俯《うつむ》く。

「俺はこの有様だが、……お前の敵《かな》う相手じゃないぞ」

「そうかもしれない」

「まさか、……その女に頼る気か。天霧屋の当主の座を狙う略奪者に」

「たとえそうなったとしても、英太が無事ならそれでいいだろ」

「……情けない」

「情けなくて結構だ。俺はそもそも、当主の座に拘《こだわ》ってない」

「ついに、本音が出たな……」

「本音ついでに言うが、天霧屋の看板を守るとか継続させていくとか、俺にはその価値自体がよくわからん。ただし、今預かってる門弟たちが路頭に迷うことになるなら、真琴に譲るわけにはいかないし、当然、誰一人として死なれては困る」

淡々と口にしながら、慶士がいかにも嫌いそうな、芯《しん》のない理論だとわかっていた。

ただ、言葉にしたことで、自分のスタンスが明確になったのも事実だった。

開き直りと取ったのか、慶士は怒りを露《あら》わに、額に血管をはっきりと浮かび上がらせる。

天馬にも引くつもりはなかったけれど、見れば慶士の胸元の血のシミがさっきよりも広がっており、途端に我に返った。

「……とにかく、さっきも言ったが少し離れろ。動けないなら肩を貸す」

「誰が借りるか。……言っておくが、逃げるわけじゃないからな。……少し回復したら俺も参戦する」

その言葉が強がりでないことは、慶士との長い付き合いからわかっていた。

この姿勢はとても真似できないと思いながら、天馬はひとまず悪霊の居場所を特定すべく、像のある高台の角に移動し、周囲を見渡す。

集中する前にこっそり振り返ると、よろけながらも立ち上がる慶士の姿が見え、天馬の不安が少しだけ緩んだ。

「……ねえ、天霧屋って、やる気しかない力量不足の祓師《はらいし》とか、やる気も気概もない後継者候補とか、そういう面倒な人間しかいないの？」

後を追ってきた真琴がさも楽しげに揶揄《やゆ》するが、天馬はそれを無視し、精神を集中させる。

もう一度、さっきのような奇妙な感覚を得ることができるのか少し不安だったけれど、ゆっくり息を吐くと同時に風がスッと冷たくなり、天馬は成功を確信した。

しかし、辺りを見回しても肝心の悪霊の気配はどこにもなく、次第に焦りが込み上げてくる。

「まさか、逃げたか……？」

不安のままに呟くと、真琴が横に並んで肩をすくめた。

「まだまだだねぇ」

「……どういう意味だ」

「未熟ってこと。不安やら焦りやらで心が散漫なんだよ。もっと、どうにでもなれってくらい肝が据わってないと」

「この局面で、どうにでもなれなんて思えるわけないだろ……！」

「そうやって怒るとこが未熟なんだってば」

「………」

「いつもシレッとしてるくせに、肝心なときに取り乱してどうすんの」

返す言葉がなく、天馬は一度ゆっくり深呼吸をし、改めて集中する。

けれど、一度悪霊が現れた場所だからか、周囲には余計な気配がみるみる集まってきており、しかも弱い霊に限って主張がやたらと強く、さっき目にした線香の煙のような気配を見つけることができなかった。

「……俺には、見えない」

無力感から、声が小さく震える。

そんな天馬に、真琴がやれやれといった様子で天を仰いだ。

「ああ……、英太が死んじゃう」

「………」

「すでに、死んじゃってるかも」

「……のか」

「ん？」

「お前には、見えてるのか」

「え、まさか『見えてるのに放置するなんて鬼畜か！』……なんて、逆ギレする気じゃ──」

「助けてくれ」

「は？」

「頼む、力を貸してくれ。……俺だけじゃ、無理だ」

「いや、だから、プライド……」

「さっきも言った通りそんなものはない。俺はただ、英太を死なせたくない」

「…………」

「頼むから。……せめて、場所を教えてくれ」

そのときの天馬は、どれだけみっともないと言われようと、甘んじて受けるつもりだった。

せっかく気配を辿《たど》るコツを摑《つか》んだところで自分には使いこなせず、未熟なのは事実なのだからと。

しかし、真琴はなにも言わず、ほんの一瞬、瞳《ひとみ》を揺らす。

天馬は固唾《かたず》を吞《の》んで反応を待ちながらも、覚悟したときに限ってなにも言ってこないこの肩透かしは今日で二度目だと、小さな違和感を抱いていた。

「……下」

「え？」

返事があったのは、束の間の沈黙の後。

呟《つぶや》くような声が上手《うま》く聞き取れず、咄嗟《とっさ》に距離を詰めると、真琴はわずらわしそうに地面を指した。

「下だって！　よく見てよ」

「下……」

天馬は戸惑いながらも高台の下を見下ろすが、真琴はやれやれといった様子で天馬の腕を掴み、後ろへ強く引く。

「おい、下がったら見えな……」

「そっちじゃない、もっと足元」

「足元？」

依然としてわけがわからなかったが、天馬はひとまずは言われた通りにしようと、視線をさらに手前に向けた——そのとき。ふいに、足元でスルリとなにかが動いたような気がした。

一瞬の出来事だったけれど、煙のように細く儚《はかな》げなそれは、まさに探し求めていた気配に間違いなく、天馬は咄嗟に姿勢を低くする。

低い位置から改めて辺りを見てみると、その気配は高台一帯に植えられたツツジの陰に隠れるかのように、地面スレスレを漂っていた。

これでは見つからないはずだと思いながら、天馬は地面に這《は》いつくばってツツジの枝の下を見通し、より気配の濃い場所を探す。

すると、像の台座の左奥あたりに、糸が絡まるようにして気配が集まる場所を見つけた。

「像の真下か……」

「悪霊はもともと人だし、人の形をしてる物には宿りやすいからね。もちろん浮遊霊やらもたくさん集まってくるから、隠れ蓑《みの》になるし。にしても、源頼朝を選ぶとは、お目が高いこと」

「……とにかく、引きずり出す」

天馬はそう言うと、立ち上がって懐から呪符《じゅふ》を取り出し、気配が集まっている方向へゆっくりと向かう。

進むごとに足元の空気はみるみる冷たくなっていき、あっという間に爪先《つまさき》の感覚が奪われ、この先にとんでもないものが巣くっていることを予感させた。

天馬は込み上げる緊張を抑えながら、警戒を緩めず一歩一歩足を進める。

心の奥の方には、慶士が言った通り到底敵《かな》う相手ではないだろうと、妙に冷静に考えている自分がいた。

そんな中でも、当たり前のように浮かんでくるのは、最悪、英太だけでも救えれば良いという思い。

しかし、その考えに至ると同時に、天馬の自己犠牲の覚悟を「ダサい」と一蹴《いっしゅう》した真琴の言葉が頭を過《よぎ》る。

決して、その言葉に踊らされているつもりはないが、現に、無傷で悪霊をあっさりと祓《はら》った真琴の姿を目にして以来、もっと違う手段が選べるのではないかという思いが膨らみはじめているのも事実だった。

それは、少し前までの、すべては運命だと諦《あきら》め、ひたすら日々を消化するように生きていた天馬ならば、到底考えられない心境の変化だった。

やがて、気配の濃い場所が目前に迫ると、天馬は一度深呼吸をし、呪符を手にゆっくりと祝詞《のりと》を唱えはじめる。

途端に、辺りの空気がピリッと張り詰めた気がした。

「天馬、ちゃんと集中してね。でも、いつ出てくるかわかんないから足元に警戒して。あ、祝詞は止めないで」

背後から届いた注文に、なかなか無茶を言うと思いながらも天馬は頷《うなず》く。

ただ、日々の修行の中、うんざりする程唱え続けてきた祝詞はもうすっかり心身に染み付いていて、今や寝ながらでも唱えられるくらいの自信があった。

逆に言えば、自分にはこれしかないのだと、──受け継いだ血脈と、気概はなくとも淡々と重ねてきた修行のみなのだと思いながら、次第に強まっていく気配の中、天馬は呪符を強く握りしめる。

そして、祝詞をすべて唱え終えると同時に、呪符を勢いよく地面に押し当てた、──瞬間。

地中の奥深くから突き上げるかのような激しい揺れが辺りを襲い、かと思えば、高台一帯の地面が大きく盛り上がった。

ある程度想定していたとはいえ、それをはるかに上回る強い反応に血の気が引き、天馬はひとまず高台を離れようと背後へ駆け出す。

その間にも、さっきまでは細く儚く漂っていた気配がみるみる大きく、そして禍々《まがまが》しく膨張した。

天馬は焦りに駆られるように必死に走り、高台から勢いよく飛び降りると、一旦《いったん》地面に伏せる。

即座に背中に石や土が降りかかるが、収まるのを待っている暇などなく、天馬はふたたび立ち上がってそこからさらに距離を取り、広場の端でようやく振り返った。――そのとき。

目の前に広がっていた光景に、一瞬、思考が止まった。

天馬に迫っていたのは、さっき真琴が予想していた通り、巨大なムカデのような形状をした、おそらくは悪霊。

表現が曖昧《あいまい》になるのも無理はなく、それはすでに人の形を留《とど》めていないどころか、ムカデと表現した通り、胴体から無数の脚らしきものが飛び出していた。

なにより、それは視界を埋め尽くす程に巨大であり、今もなお地面からズルズルと残りの体を出し続けている。

これはいったいなんなのだと、元々人ではなかったのかと、天馬は処理できない事態にただただ混乱していた。

その間にも、ムカデのような悪霊は天馬を正面に捉《とら》え、さらにじりじりと迫ってくる。

「なんなんだ……、こいつは……」

——そして。

ほんの数メートル先まで迫ったとき、その頭部を見て全身がゾッと冷えた。

それは想像していたムカデの頭部とは違い、真っ黒に変色した人体が絡み合うようにして模《かたど》られた、酷《ひど》くおぞましいものだったからだ。

途端に思い出したのは、天馬が引きちぎった悪霊の一部から出てきた、人のものと思《おぼ》しき爪や骨。

まさかと思い脚の部分に視線を向けると、それら一本一本はすべて人の腕の形をしており、それぞれが違う動きをしていた。

「人、なのか……」

とても信じ難いけれど、それ以外に考えられなかった。

途端に、さっき聞いたばかりの真琴のセリフが天馬の頭を過る。

——「事故やら天災やら事件やら戦やら……とにかく大勢死んで、まともに供養されずいっしょくたに埋まって少しずつ悪霊化していって……、で、なにかの拍子に呼び覚まされた、みたいなこと、私は普通にあると思うけどね」

まさにそういうことなのだろうと、もっと言えば、「土の中で行動範囲を広げながら、次々と同朋《どうぼう》たちを巻き込んでる」という仮説も正解だったのだろうと、天馬は今になって深く納得していた。

ただ、それと同時に心に広がっていたのは、強い絶望感。

「こんな奴……、どうやって……」

悪霊から放出される重い感情に包まれながら、やはり祓いようがない相手だと、天馬はただただ放心する。

するど、そのとき。

「とりあえず、お手なみ拝見ってことで」

背後から、この酷く緊迫した空気にそぐわない弾んだ声が聞こえ、天馬はふと我に返った。

「……楽しそうだな」

悪霊から視線を逸《そ》らさないまま皮肉を言うと、真琴は小さく笑う。

「天馬だって、想像してた程取り乱さないんだね。……考えてみれば、最初に会ったときも、殺されかけてたっていうのに妙に落ち着いてたような気がするし」

「ずっと昔から、自分が迎えるであろう最期を想定していたからな。……あと」

「あと？」

「俺は、……もっとおぞましいものを見たことがある」

言いながら思い出していたのは、父親が悪霊に殺された日のこと。

精神的ショックからか、当時の記憶には曖昧な部分が多いものの、父親を殺した悪霊が、悪霊の概念を大きく覆すような異常な姿形をしていたことだけは、はっきりと覚えている。

その後、祓師《はらいし》として多くの悪霊を祓う中で、そんなことはあり得ないと、恐怖心が作り上げた幻だったのではないかと自らの記憶に疑問を持つようになったが、ムカデのような姿をした悪霊と対峙《たいじ》した今となっては、もう否定する根拠がなかった。

「おぞましいものねぇ。……で、それはどうやって祓ったの？」

ふと投げかけられた問いで、天馬の心が小さくざわめく。

考えてみれば、父親を亡くした後の天馬はしばらく塞《ふさ》ぎ込み、ただ日々をこなしていくことで精一杯で、自分たちが助かった経緯など考えたこともなかったからだ。

「どうやって、って……」

瞳《ひとみ》を揺らす天馬に、真琴は眉《まゆ》を顰《ひそ》める。

「いや、なにポカンとしてんの。死ぬか祓うかしかないんだし、生きてるってことは祓ったってことでしょ」

「そう、だな。……多分、一緒にいたはずの当主が」

「え？……いやいや、無理無理無理」

「当時はまだ八十代だ」

「一緒一緒」

「でも、他に考えられないだろ。……というか、話しかけるな。今はそれどころじゃない」

真琴のせいですっかり調子を狂わされたが、悪霊は今もなお地面から残りの体を出し続けていて、みるみる広場の上空を埋め尽くしていく。

ただ、胴体は尾にいくにつれ徐々に細くなっていて、同化が甘いのかところどころがボロボロと崩れ落ち、いたるところに不気味な山を作っていた。

おそらく、尾の方は同化したばかりの肉体なのだろうと、ならば英太はもっとも末端にいるはずだと天馬は思う。

だとすれば、悪霊が全身を土から出しきるまでは、なんとしても持ち堪《こた》える必要があった。

しかし、悪霊はじりじりと、しかし確実に距離を詰め、やがて頭部と同化した人の体が、天馬に向けてゆっくりと手を伸ばしはじめる。

頭部ともなると同化して相当な時間が経過しているのだろう、そこから漂う気配には人であった頃の名残がまったく感じ取れず、操り人形のように空虚だった。

天馬は少しずつ後退《あとずさ》りながら、懐から呪符《じゅふ》を取り出す。

もちろん、呪符と祝詞でこの大物を祓《はら》えるなどと思っていたわけではない。

それでも、英太が出てくるまでの時間稼ぎにはなるはずだと、今はとにかくそれだけを考えようと、祝詞《のりと》を唱えはじめた。――瞬間、迫っていた悪霊の手がぴたりと止まり、少なからず効果があるらしいと天馬は確信する。

しかし。

「……ねえ、一応聞くけど、それで地道に祓っていく気？　くっついてるやつを一体ずつ？」

背後からふたたび、依然として緊張感のない真琴の声が聞こえた。

祝詞を止めるわけにいかないため、天馬は強引に集中を保つが、真琴は平然と天馬の傍へ来て着物の背中をぐいぐいと引く。

天馬は視線でうるさいと訴え、呪符を強く握った。

「ねえって！」

それでも真琴はしつこく、これはただの時間稼ぎなのだと、これで祓えるなんて思っていないから心配するなと、天馬は心の中に反論を並べる。——そのとき。

「いや、聞いてよ！　それじゃ呪符がもったいないんだってば！」

ついには真琴が声を荒らげ、天馬の手からいきなり呪符を奪い取った。

その拍子に祝詞も途切れ、せっかく動きを止めていた悪霊の手がふたたびピクリと反応を見せる。

一気に頭に血が上ったけれど、言い合いをしている場合ではなく、天馬はすかさず懐から新たな呪符を取り出した。

しかし、真琴はそれをも奪い取り、天馬の襟首を摑《つか》む。そして。

「その方法だと、呪符が何万枚必要かわかってる？」

声に凄《すご》みを利かせ、天馬にそう迫った。

さすがの天馬も黙っていられず、真琴の手を払い除《の》けて睨《にら》みつける。

「……いちいち説明させるな！　時間稼ぎに決まってるだろ！」

すると、真琴は苛立《いらだ》ちを露《あら》わに、あろうことか悪霊に背を向けて、天馬の正面に立ちはだかった。

「ほー、時間稼ぎ。それって英太が出てくるまで？　で、その後どうすんの？」

「今は後のことまで考えてる余裕がないだろ……、そもそも英太が出てくるかどうかもわからないのに！　早くそこを退《ど》け！」

「つまり、無計画なんじゃん。っていうか、いざとなればまた私が祓って、英太を助けてくれるはず……なんてこと、考えてるんじゃないでしょうね」

「……自惚《うぬぼ》れるな」

「十分あり得ると思って言ってるんだけど。あと、念の為言っておくけど、私は助けないよ。だって、このままあの天霧屋にいれば、どうせ英太は死ぬんだから」

「……黙れ」

「そもそも天馬ってさ、結局全部先延ばしにするタイプなんだよね。夏休みの宿題を最終日まで放置した挙句、最終的に泣きついて手伝ってもらう典型的なタイプ。どうせこれまでも、面倒なことはそうやってひたすら時間稼ぎして、なんとかやり過ごしてきたんでしょ、今回みたいに。……そんなことばっかしてたら、いずれとんでもない皺寄《しわよ》せが来るよ？」

「……黙れと言ってる」

「天馬が妄想してるように、自分が死んで英雄になって終わりならそりゃ楽だけどさ。そう簡単にはいかないもんだよ、人生って。慶士にも言ったけど、弱い奴の犠牲になるのは、いつだって周りの人間なんだから」

「…………」

ずっと目を逸らしていた部分を懇々と突かれ、ついには黙ってしまった自分が情けなく、虚《むな》しかった。

そうこうしている間にも悪霊はさらに迫るが、真琴は依然として悪霊に背を向けたまま、いっさい気にする様子もなく、ただ天馬をまっすぐに見つめる。

こんなとんでもない悪霊すら、真琴は造作もなく祓うのだろうと、その余裕な態度を見ながら天馬は密《ひそ》かに思っていた。

自分もそれくらいの力があったなら、〝ひたすら時間稼ぎして、なんとかやり過ごしてきた〟なんて言われずに済んだだろうに、と。

途端に体から力が抜け、緊迫した状況の最中、天馬はがっくりと項垂《うなだ》れる。——そして。

「……だったら、どうすればいい」

なかば無意識に口から零《こぼ》れたのは、あまりにもみっともない言葉だった。

もはや返事などないだろうと、天馬は視線を落とす。

一方、真琴はすっかり気落ちした天馬を見て、いきなりニヤリと笑った。

「じゃあ、教えてあげる」

「は……？」

「時間稼ぎじゃなく、シンプルに祓えばいいんだよ。天馬が、自分で」

「…………」

「なんで黙ってんの。私の最高の金言、聞いてた？」

この女の理解力はどうなっているのだと、天馬は思う。

もはや反論することすら面倒だったが、真琴は自分の真後ろに悪霊が迫っているにも拘《かかわ》らず、最高の思いつきであるとでも言わんばかりに目を輝《かがや》かせていた。

天馬は一旦《いったん》真琴の腕を引いて悪霊と距離を置き、深い溜《た》め息をつく。

「……なにが金言だ。俺は、たいした気概もなく時間稼ぎだけで生きてきた三流祓師だぞ」

「私、そこまで言ってないし。ってか、ブツブツ言ってないで祓おうよ」

「祓えないからブツブツ言ってるんだが」

「いや、天馬はさ、自分のこと全然わかってないんだよ」

「……まさかお前、俺にこいつが祓えるなんて言い出すんじゃないだろうな」

「言い出すよそりゃ」

「……は？」

「だって、天馬が祝詞と呪符で練り上げた術は、なかなか捨てたもんじゃないからね。少なくとも、この悪霊の表面に張り付いてるやつをちまちま祓うために使うには、もったいないくらいに」

「なに言っ……」

「むしろ、私が知る中でも最高峰の類《たぐい》だよ。使う本人の諦《あきら》めやら卑屈さやらが、本来あるべき効果と価値を大幅に下げてるってだけ」

それを聞いた天馬が真っ先に抱いたのは、不快感だった。

自分の能力に関しては、限界も含め自分が一番わかっているのに、つい最近出会ったばかりの人間にいったいなにがわかるのだと。

それでも、からかうなと一蹴《いっしゅう》できなかったのは、「使う本人の諦めやら卑屈さやらが、本来あるべき効果と価値を大幅に下げてる」という言葉に、少なからず思い当たる節があったからだ。

現に、術の強弱は生まれ持った資質だけでなく、個々の精神力に左右される。

そういう意味では、天馬のように冷めきった心が効果を下げるという真琴の話は、理屈にかなっていた。

「結局、自分の最期のことばっか考えながら祓《はら》ってるから、しょうもない効果しか得られないってことだよ。そういう部分はさ、慶士くらいずうずうしくないと駄目なんだよね」

「……真琴」

「ん？」

「つまり、……こいつは、俺にも祓えるってことか」

「うん」

あまりにもあっさり頷《うなず》かれ、天馬は面食らう。

ただ、そのお陰か、少しでも可能性があるならその言葉を一旦受け入れてみようという気にもなれ、天馬は一度ゆっくりと深呼吸をした。

真琴はやれやれといった様子で、さっき奪い取った呪符《じゅふ》を天馬に返す。

「ってわけで、やってみなよ。言っておくけど、表面にくっついてるのはただの外殻だから、ちゃんと気配が強い場所を探さなきゃ駄目だよ」

「……外殻なんて罰当たりな言い方をするな」

「うるさいな、祓いさえすればいいの。そうすれば、今以上に彼らの尊厳が奪われることなんてないんだから」

確かにその通りだと天馬は思う。

ムカデを模《かたど》るために使われた大勢の肉体はどれも、個々が持っていたはずの無念や恨みをすべて剝《は》ぎ取られたかのように空虚で、まさにただの外殻だったからだ。

天馬には、すべての魂を救いたいという程の正義感はないが、この悲しい魂たちを前に胸が痛まない程冷酷でもなかった。

ともかくやることはひとつだと、天馬は真琴に言われた通り、悪霊の体でもっとも気配の強い場所を探す。――そのとき。

突如、グラリと地面が大きく揺れたかと思うと、源頼朝像がある高台の一部が大きく崩れた。

見れば、ムカデの尾の部分がようやく露出し、その末尾に確認できたのは、ぐったりした様子で悪霊と一体化している、見覚えのある着物を着た人影。

「英太……！」

あれは間違いなく英太だと、やはり予想した通りだったと、天馬は咄嗟《とっさ》に大声で名前を呼ぶが、意識がないのか反応はない。

まさか、すでに手遅れなのではないかと、みるみる込み上げる不安で全身から血の気が引いた。

かたや、真琴は相変わらず落ち着き払った様子で天馬の顎《あご》を摑《つか》み、強引に視線を合わせる。

「いいから、集中して」

「……」

「天馬が手を止めたぶんだけ英太の命が削られてること、わかってるよね」

ずいぶん残酷な言い方だが、それは否定しようのない事実であり、天馬には頷く他なかった。

同時に、期待していたわけではないが、真琴には本当に手助けする気がないらしいと、改めて確信していた。

お陰で逆に肝が据わり、天馬はふたたび気配の濃い場所を探すべく、さらに集中を深めて巨大な悪霊の体を注意深く観察する。――すると、長い体のちょうど中間あたりに、周囲の空気が明らかに重く澱《よど》んでいる箇所を見つけた。

「……あった」

確信はないが、もう迷っている暇はなかった。

天馬はなかば衝動任せに、悪霊の頭部から伸ばされた手を摑んで引き寄せ、その頭に飛び乗る。

悪霊には実体を持たない者がほとんどだが、多くの死体で作られた巨大な体なら干渉できるはずだと、あらかじめ予想していた。

ひとまずそれが正解だったことにほっとしながら、天馬は即座に立ち上がると、悪霊の背中を勢いよく走りはじめる。

「う、嘘でしょ？　そこ乗るの……？　ってか速……！」

遠くから真琴の呆《あき》れた声が聞こえたけれど、天馬は振り返りもせず、まっすぐに目的の場所を目指した。

もちろん自分がなにを踏みつけているかはわかっていたし、足から伝わる感触は耐え難いものだったけれど、祓いさえすれば今以上に尊厳が奪われることなんてないと言った真琴の言葉を思い出し、無我夢中で進む。

そして、気配がもっとも重く禍々《まがまが》しい場所に辿《たど》りつくやいなや、天馬は手にしていた呪符をぎゅっと握った。

ひとたび冷静になれば、こんな普段通りの方法で本当に祓えるのかと疑問が浮かぶが、卑屈さが価値を下げるという真琴の言葉が過《よぎ》り、天馬は無理やりその考えを振り払って祝詞《のりと》を唱える。——瞬間、悪霊が激しく体をくねらせ、天馬はバランスを崩してその場に膝《ひざ》をついた。

途端に大きく唸《うな》り声が響き、驚いて視線を落とすと、足元の肉体から空虚な視線が刺さる。

ひとたび気を抜けば正気を失ってしまいそうな程におぞましい光景だったけれど、天馬は心を無にし、ひたすら祝詞を唱え続けた。

天馬には、これが失敗した場合、もう二度とここまで接近できる機会はないだろうという強い危機感があったからだ。——けれど。

考えが甘かったことに気付かされたのは、その直後のこと。

悪霊がさらに激しく体をくねらせ、天馬の体は抵抗も虚《むな》しくあっさりと宙に投げ出された。

もはや祝詞どころではなく、天馬は絶望感に駆られながら、地面に打ち付けられる衝撃を覚悟する。

不幸中の幸いと言うべきか、地面には悪霊から剝がれ落ちた残骸《ざんがい》が厚く積もっており、しばらく咳《せ》き込んだものの思った程の衝撃はなかった。

天馬は全身の鈍い痛みに耐えながら体を起こし、悪霊の巨大な体で真っ黒に埋め尽くされた空を見上げる。

悪霊はその後もしばらく激しく体をうねらせた後、やがて、ふたたび天馬の方へゆっくりと頭を向けた。

咄嗟に立ちあがろうとしたものの、残骸に足を取られて上手《うま》く身動きが取れず、天馬は崩れるようにその場に倒れる。

黒く冷たい飛沫《しぶき》が飛び散ると同時に、辺り一帯に、腐敗臭のような酷《ひど》い臭いが広がった。

まるで地獄の光景のような悲惨な状況の中、天馬はふと、――さすがにもう詰みではないかと、ゆっくり心が折れていくような感触を覚える。

真琴の言葉を真に受け奮い立った心も、最大の機会を失ってしまった今はすっかり萎《しぼ》んでしまっていた。――しかし。

「意外と無茶するよね」

突如聞こえてきたのは、真琴の声。

すっかり途方に暮れてしまった今、もっとも聞きたくなかった声だと、天馬は返事もできないままそう思っていた。

しかし、真琴は悪霊の残骸を掻《か》き分けながら天馬の近くへ来ると、上から見下ろし苦笑いを浮かべる。

どうせまた馬鹿にされ、嫌味でも言われるのだろうと思いつつも、そのときの天馬には苛立《いらだ》つ気力すらなかった。

むしろ、もうすべてを奪われてしまっても構わないから、英太を守るために縋《すが》らせてもらいたいという思いの方が、ずっと勝っていた。

「真琴、……どうか、英太を、救ってやってくれないか」

弱々しく零《こぼ》した懇願に、真琴は返事どころか反応ひとつせず、ただ天馬を見つめる。

それでも、天馬はさらに言葉を続けた。

「お前にとってはどうでもいい命かもしれないが、俺にとってはそうじゃない。……頼む。俺が持っているものは全部やるし、金で済むなら払う」

切実な訴えが、混沌《こんとん》とした広場に小さく響く。

真琴の返事を待ちながら目を閉じると、遠くから風の音や木々のざわめきが聞こえ、こんな状況だというのに、心地よく感じている自分がいた。

それくらい、天馬の心の中は、もはや生きているのか死んでいるのかわからないくらいに、空虚だった。

――そのとき。

「さっきから思ってたんだけど、天馬って足速いよね」

ようやく返されたのは想像のどれとも違う答えで、天馬は思わず目を開く。

「は……？」

「軟弱かと思いきや、身体能力が高いんだなって思って。悪霊の頭に飛び乗ったこともびっくりしたし、あの不安定な足場で走れるなんて相当だよ」

「……おい、俺の話を無視するな。というか、この状況がわかってるのか……？」

ここまで会話が成立しない奴だったかと、つい間抜けな声が出た。

すると、真琴はやけに意味ありげに瞳《ひとみ》を揺らす。

「わかってるって。いいから早く立ってよ」

「だから、俺は……」

「わけわかんないこと言ってないで、祓《はら》うんだよ」

「………」

いったいなんなんだと思いながらも、天馬は無理やり体を起こした。

すると、真琴が天馬の懐から勝手に呪符《じゅふ》を引っ張り出し、強引に握らせる。

「ほら、早く祝詞」

「……いや、待て。人の話を聞け」

「英太を助けたいんじゃないの？　弱音吐いてる場合じゃないでしょ」

「だから、この距離じゃ、もうどうにもならないだろ……！」

天馬は声を荒らげ、悪霊を指差す。

悪霊の頭はすでに天馬たちの数メートル先まで迫っていたが、さっきの件で学習したのか、天馬がふたたび飛び乗れるような高さではなかった。

近寄ることができなければ、いくら呪符や祝詞の威力が高くとも、祓うことはできない。

しかし、真琴は平然と首を横に振った。

「投げりゃいいじゃん。身体能力高いんだから」

「こんな紙切れが届くわけないだろ……！」

「じゃあ、石に包むとか」

「……罰当たりなことを言うな、これは神聖な呪符だぞ……」

「なんで？　罰当たりだろうが、効果があるなら別にいいじゃん。それとも、罰を怖れて英太と一緒に死ぬ？」

「っ……」

苦渋の選択を余儀なくされ、天馬は言葉に詰まる。

それも無理はなく、真琴の提案は、道具や呪符は大切に扱って当然という世界で生きてきた天馬にとって、簡単には受け入れ難い話だった。

一方、大事にしてきた羅針盤を無惨に壊されたときから、真琴の言葉に真理があるような気もしていて、真っ向から否定することができない自分もいた。

やがて、天馬の中で、いずれにしろこのままでは終わるのだから、わけがわからずとも真琴の言葉に賭《か》けてみてもいいのかもしれないという思いが膨らんでいく。

「……わかった。……ただ、一応言っておくが、俺は、そんなにコントロールが良くない」

「そういうことは英太に言って」

「確かに」

「まあ、サポートするから」

「……どうやって」

「いいから早くやんなよ、ブッブッうるさいな」

心から煩わしそうな真琴に苛立ちながらも、天馬はなかば投げやりな気持ちで足元から石を拾い、それを呪符で包んだ。

そして、普段の悪霊祓いとの勝手の違いに戸惑いながらも祝詞を唱えると、突如、体にまとわりついていた悪霊の残骸が、一瞬で灰のように散っていく。

「おお……、ほんと、気持ちいいくらいに効くね」

その様子を見ながら、真琴が感嘆の声を零した。

天馬自身、以前より祝詞の効果が強くなっていることを自覚していたけれど、かといって、真琴には遠く及ばないこともよくわかっていた。

それでも一縷《いちる》の望みにかけ、天馬はさらに集中を深めて祝詞を唱え続ける。

そして、ようやく唱え終えた天馬は、深く息を吐いて一旦《いったん》気持ちを整えた後、呪符を巻いた石を持って大きく振りかぶった。

いったいなにをしているのだと、妙に冷静に考えている自分もいながら、天馬は気配の濃い場所へ向かって思い切り呪符を投げる。

コントロールに自信がないのは事実だったけれど、幸運にも、それは天馬が狙った方向へ弧を描きながら飛んで行った。

「当たれ……！」

当たれば本当に祓えるのか半信半疑ではあったが、天馬は祈るような気持ちで叫び声を上げる。

しかし、悪霊はそれに敏感に反応し、突如、迫り来る呪符を避《よ》けるように背後へと距離を取った。

「っ……」

これでは届かないと、天馬の頭が真っ白になる。

それでも、避けるということはつまり効くのだろうと前向きな理解をし、ふたたび足元の石に手を伸ばした、――そのとき。

「ちょっと今動かないで、気が散る」

いつになく緊張感のある真琴の声が聞こえ、天馬はふと顔を上げる。

すると、真琴は真剣な様子で、見覚えのあるおもちゃのボウガンを悪霊に向かって構えていた。

「は……？」

こんなときになにをふざけているのだと、天馬はただ呆然《ぼうぜん》とする。

かたや、真琴はものの数秒もかからず狙いを定めたかと思うと、空へ向かって吸盤の付いた矢を放った。

それは、おもちゃとはとても思えない、信じ難い速さで空を切り、あっという間に天馬が投げた呪符に追いつく。

やがて矢の先の吸盤が呪符を捉《とら》え、そのまま少しも失速することなく、気付けば悪霊の胴体を貫いていた。

途端に悪霊の体は二つに千切れ、そこから崩れはじめた体が、地面にボロボロと落下していく。

アアアア――

辺りに響き渡る、おぞましい咆哮《ほうこう》。

悪霊はそれからしばらく暴れたものの、やがて最後に残った頭部も崩れ落ち、天馬の正面に大きな山を作った。

目の前で起きた一瞬の出来事がなかなか理解できず、ポカンと口を開けたままの天馬を他所《よそ》に、真琴は誇らしげにボウガンを掲げる。

「見た？　私は天馬と違って、コントロールに自信があるの」

「………」

る。

天馬はいまだ混乱が収まらない中、すっかり残骸《ざんがい》の山となり果てた悪霊へ視線を向ける。

「なにいってんの、天馬の呪符の効果だよ。私はコレで届かせただけ」

「俺が祓った……？　ほぼお前だろ……」

「なにって、サポート。祓えてよかったね、天馬」

「なん、なんだ……、今のは……」

「聞いてる？」

しかし、それらもやがて白く変色していき、灰のように舞い上がって空気中に散っていった。

さっきまでの腐敗臭も、禍々《まがまが》しさすらもすっかり消え、広場はまるでなにごともなかったかのように静まり返る。

それと同時に、遠くから、小さなうめき声が聞こえた。

「英太……？」

途端に我に返った天馬は、辺りに視線を彷徨《さまよ》わせ、像のある高台の下に横たわる英太の姿を見つける。

慌てて駆け寄ると、英太は意識こそないものの息も脈もあり、天馬が手を取ると弱々しく握り返した。

ただ、顔は死人のように青白く、たちまち不安が込み上げてくる。

「英太！　おい！　英太！」

天馬が懸念していたのは、英太が悪霊から受けた影響のこと。

悪霊が抱く恨みや無念が人に与える影響は凄《すさ》まじく、憑《つ》かれてしまえば少しずつ心を侵食され、最悪、自我を喪失することもある。

英太が捕まっていたのはごく短い時間だが、相手が相手だけに、その可能性を拭《ぬぐ》うことができなかった。

「英太！　起きろ！」

不安がみるみる膨らみ、天馬は何度も名を呼びながら体を揺らす。

そのとき。

「……英太は俺が連れて帰る」

背後からよく知る声が聞こえて視線を向けると、よろよろと近寄ってくる慶士の姿があった。

「慶士……、お前まだ……」

ここにいたのか、と。言いかけたものの怒りを買いそうで、天馬は咄嗟《とっさ》に言葉を止める。

しかし慶士は続きを察したのか眉根《まゆね》に深く皺《しわ》を寄せ、けれど、なにも言うことなく英太の体を軽々と抱え上げた。

「英太も祓師《はらいし》だ。簡単に精神をやられる程弱くない」

「そう……、だよな」

「あと今回は、……あくまで今回は、お前の勝ちだ」

「勝ち……？」

「当主争いの話に決まってる。とはいえ、その女の手を借りたことに関してはやはり許し難い。現当主がなんと言おうと、俺は、絶対に、認めん」

慶士はそう言い残すと、天馬の反応を待つことなくその場を立ち去る。

慶士もかなりの傷を負っているはずだが、英太を危険な目に遭わせた責任を感じているのだろうと思うと、止めることはできなかった。

天馬は慶士の背中を目で追いながら、「お前の勝ちだ」という言葉を頭の中でぼんやりと繰り返す。

慶士が言った通り、真琴からずいぶん過剰なサポートを受けたとはいえ、あれ程の悪霊に自分の力が通用したという事実は、今もなお信じ難い気持ちだった。

一方、真琴には感慨もなにもないようで、ひと仕事終えたとばかりにボウガンをリュックに仕舞いはじめる。

その姿を見ながら天馬の頭にふと浮かんだのは、真琴が部屋でボウガンの改造をしていたのは、鹿沼から悪霊の話を聞く前だったはずだという疑問。

「……お前、最初から、それが必要になるってわかってたのか」

浮かんだままに疑問を口にすると、真琴は無理やり詰め込んだリュックのファスナーを力任せに閉めながら頷《うなず》く。

「まあ、だいぶ前から妙な揺れを感じてたしね。地震を起こす程ってなると相当でかい奴が出るだろうと思ってたから、飛び道具があった方がいいかなって」

「揺れを感じてた、だって？」

「かすかに。ま、羅針盤頼りの人にはわかんない程度だよ」

腹立たしい言い方だが返す言葉がなく、天馬はそれを甘んじて受け入れつつ、さらに質問を続ける。

「……それにしても、なんでおもちゃのボウガンなんだ。もっとマトモな武器があるだろ……」

思えば、天馬が初めて真琴のボウガンを目にしたとき、まさか悪霊相手に使うなんて想像もつかなかった。

すると、真琴は小馬鹿にしたような笑みを浮かべる。

「世間知らずにも程があるでしょ。本物の武器なんか持ち歩いてたら犯罪だから。警察に捕まっちゃうから」

「……世間知らずは否定しないが、それくらいは知ってる。俺は別に、日本刀や銃を装備しろなんて言ってない。ただ、こんな仕事をしている以上、ある程度必要なときもあるだろ。なにも、おもちゃを選ばなくとも……」

それは、天馬からすればもっともな意見のつもりだったが、真琴は首を横に振り、せっかく仕舞ったボウガンをふたたび取り出して、天馬の前に掲げた。

「必要なときがあるからこそ、こういうどこでも簡単に手に入るものじゃなきゃ困るんだよ。あと、おもちゃって小さいから簡単に持ち運べるし、最近はゲームやらアニメやらの影響で信じられないくらい種類があるしさ。あ、天馬が好きそうないかにも厨二《ちゅうに》っぽいやつも選び放題だよ」

「いちいち余計なことを言うな。……たとえ簡単に手に入っても、脆《もろ》すぎる」

「だから改造してるんじゃん。ボウガンに関しては、プラスチックを樹脂でコーティングして、弦は強化ゴムに張り替えて、矢も軽量化してるよ」

「……世間知らずの俺が言うのもなんだが、改造も立派な犯罪だぞ。むしろ、よりタチが悪い」

「もっとも重要なのは犯罪云々《うんぬん》じゃなく、強力な威力を持ちつつ、いかにおもちゃを装えるかどうかだから」

「ついさっき犯罪云々を語った奴が開き直るな」

「うるさいな。……だったらこっちも言わせてもらうけど、そんな恰好《かっこう》でウロついても全然目立たずにいられるのは、鎌倉っていう土地柄のお陰だからね。場所によっては怪しまれるし、職質だってされかねないから。そんなことも知らない奴が偉そうに説教しないで」

わかりやすく話を逸《そ》らされたが、真琴の言うことも事実だった。

鎌倉にはただでさえ神社仏閣が多く、観光客のための着物レンタル店も多いため、常に和服で行動してもさほど目立つことはない。

つまり、やたらとラフな恰好も、おもちゃの武器も、放浪してきた真琴が散々な目に遭った末に身につけた知恵なのだろうと天馬は思う。

その瞬間、なにひとつ理解ができなかった真琴のことが、ほんの少しだけわかった気がした。

「意外と苦労人だなお前」

「急になに言ってんの……？　ってか、どうでもいいけど早く帰ろうよ。お腹すいて死にそう」

もはや、悪霊のことなどなかったかのような真琴の軽い口ぶりに、天馬は呆《あき》れつつも頷く。

ふと我に返って考えてみると、今自分の命があることが、少し不思議だった。

「……それにしても、本当に祓《はら》えるとは」

思わず独りごとを呟《つぶや》くと、真琴がニヤリと笑う。

「いつまで浸ってんのよ。まあ、今回もくそダサいこと言ってたけどね。頼むから英太を助けてくれぇ……って」

「記憶をよりダサく改竄《かいざん》するな」

「ダサいは否定しないんだ」

「言っただろ。俺は別にお前にどう思われてもいい」

「あ、そう。でも――」

突如不自然な間を空けた真琴に、次はどんな悪口が浴びせられるのだろうかと、天馬は咄嗟に身構える。

しかし。

「前にも言ったけどさ、……天馬のそういう、いっそ潔いくらいにプライドがないところ、私は嫌いじゃないよ」

想像と違う言葉が続き、思わず面食らった。

「……は？」

「いやー、これまでいろんな祓師を見てきたけど、ほとんどが弱いくせにプライドだけ高い奴ばっかなんだよ。今回だって、最初こそ〝天霧屋のお坊ちゃん〟をからかって遊んでやろうと思ってたんだけど、天馬って想像と違ってめちゃくちゃ荒《すさ》んでるし、面白いんだよね」

「……面白がるな。迷惑だ」

仮にも美しい女性に、深い意味はなくとも嫌いじゃないなどと言われ、普通なら気分が悪いはずがないのに、キャッキャと笑う真琴を見ながら天馬は心底うんざりしていた。

かたや真琴はまったく怯《ひる》みもせず、横から天馬の顔を覗《のぞ》き込む。

「迷惑なんて言ってるけど、天馬だって私といればまたサポート受けられるよ？　今回だって、本当はほっとしてるんでしょ？」

「……それは」

「ほら。だったらさ、いっそのこと正式に組んじゃう？」

「…………」

「うける。迷ってるし」

「からかうな。……そもそも俺らは競合相手だぞ。正式に組んでどうする」

「からかってないし」

「どう見てもからかってるだろうが」

「ま、そんな小さいことは置いておいて、競合相手なんて言わず、もっと柔軟に考えられない？　だって、『お前を見てたら、なにかがわかるような気がする』んでしょ？　それでも断固競合相手だって言うなら、天馬の前で手の内はいっさい晒《さら》さないし、盗み見だってさせないよ？」

基本ふざけている癖に急に正論を言われ、天馬は口を噤《つぐ》む。

それを隙と取ったのか、真琴はさらに笑みを深めた。

「ってか、どう考えても天馬にはメリットしかなくない？」

「メリット、だと……？」

問い返したものの、確かに、真琴と行動することによる天馬側のメリットは明確にあった。

今日の一件だけでも、十分過ぎるくらいに。

なにせ、真琴がいたお陰で、自分だけでなく慶士も英太もむしろ門弟全員が、もっと言えば多くの一般人もが命拾いをした。

さらに、ここ最近においての、強力な悪霊が次々と湧いている状況の中、また次が現れたときに真琴の存在はかなりの戦力になる。

ただ、それらはすべて、天馬側のメリットでしかなかった。

「……お前のメリットはなんだ」

なにを考えているかわからない真琴も、ただからかって面白いという理由だけで言い出したとは思えず、天馬はもっとも重要な疑問をぶつける。

真琴側にも、天馬が納得できるだけのメリットがなければ不自然だと。

すると、真琴はすでに天馬からの質問を想定していたとばかりに、満足そうに頷《うなず》いてみせた。

「私のメリットは、いわば、省エネかな」

「は？」

「だって、悪霊祓いってかなり消耗するし、私のようにあまり体力がないと疲れるんだよ。逆に、天馬は資質があってタフで運動神経もあるけど、致命的なまでに応用が利かないし、つまり知恵がないじゃん？」

「……馬鹿だって言いたいのか」

「それでもいいんだけど、シンプルに経験が足りないんだよね。でも、私がそこを補って今日みたいにサポートすれば、効率よく祓えるわけでしょ？　つまり、私は天馬と組むことで楽して数をこなしつつ、おじいちゃんに能力が高いっていうアピールができるってこと」

「……ただ、それだとリスクもあるだろ。今はともかく、万が一、俺がお前の能力を上回ったらどうする。たとえ上回らずとも、いざ次期当主を決めるってなったときには、当主の決断に〝祖父の欲目〟が影響しないとも限らないぞ」

「そこはまったく心配してないよ。どうやったって、天馬は私には敵《かな》わないから」

「……言い切ったな」

「そもそも、組もうが組むまいが、私が天霧屋を奪うことは大前提なの。ただ、少なくとも私と組んでる間は、天馬は今後現れる悪霊から門下を守れるわけ。つまり、天霧屋を自分が継ぐという大きな問題を、得意の先延ばしにしさえすれば、なかなかいい提案だと思わない？」

「…………」

確かに、悪い話ではないと思ってしまっている自分がいた。

真琴が言った通り、肝心な問題を先延ばしにしさえすれば、目先の大切なものは守れるからだ。

それに、真琴はまったく心配していないと言ってはいたが、何度も目の当たりにした常識外れの能力を近くで見る中で、天馬が当主の座を守れるくらいまで成長する可能性もないとは言いきれない。

今日だって、真琴に羅針盤を壊されたことで、天馬は自分にもともと備わっていた鋭さを自覚した。

さらに、自らの力を信じることで、明らかにこれまでよりも呪符《じゅふ》と祝詞《のりと》の精度を高めることができた。

そんな些細《ささい》なキッカケで成長できるのならば、自分にはまだまだポテンシャルがあるのではないかと、期待を持たずにはいられなかった。

祓師《はらいし》の仕事に対し、ずっと無気力だった天馬ですら。

「なるほど。……よくわかった。馴《な》れ合う気はないが、今後また悪霊が現れたときは、お前と行動する」

やや唆された感は否めなかったが、天馬は真琴の提案に乗ってみようと、覚悟を決めて頷く。

真琴はパッと表情を明るくし、天馬の手首を掴《つか》んで無理やりハイタッチした。

「やった！　これで楽できる」

「やめろ。馴れ合う気はないって言っただろ」

「盛り下げるねぇ」

「盛り上げるな」

天馬ははしゃぐ真琴をいなし、足早に広場の出口へと向かう。

心の奥の方には、本当にこれで正解だったのだろうかと、実はとんでもない裏があるのではないかという疑念も少なからずあったけれど、天馬にとってメリットが多いのも事実であり、後悔はなかった。

天馬はややスッキリした気持ちで広場を出ると、来た道を戻る。

改めて眺めた源氏山公園の風景は、来たときとはうってかわって清々《すがすが》しく、より美しく感じられた。

まだいたるところに地面の隆起した跡が残ってはいるが、集まっていた浮遊霊たちの気配はすでにない。

そんなとき、真琴がいつになく控えめに天馬の袖《そで》を引いた。

「ねえ、素朴な疑問なんだけど、このめちゃくちゃになった地面とかって、このまま放置でいいの？」

「どういう意味だ」

「原状復帰しなくていいのかって話だよ。考えてみれば、源頼朝像の台座も、高台も、派手に崩壊してたよね。……下手したら訴えられない？」

「……いったいなんに怯《おび》えてるんだ、お前」

「なにって、訴えられて賠償命令とか出されたら大変じゃん。天霧屋の資産が減ると困るし……」

「見事なまでに自己中だな。別に、原状復帰は田所が手配するし、うちは警察と協力関係にあるから、どうとでもなる」

「え……、うわ……」

「なんだよ」

「……つくづく、天馬ってとんでもなく甘やかされた環境にいるんだなと思って。どうとでもなるなんて、普通は言えないよ……」

「お前が言うな。こっちは聞かれたから事実を答えただけだろうが」

「……まあ、訴えられないなら、別にいいんだけどさ」

真琴はそう言い、胸を撫《な》で下ろす。

もはや、過去に何度か訴えられたことがあってもおかしくないくらいの過剰な反応だったが、なんだか知らない方がいい気がして、天馬はあえてなにも聞かなかった。

そして、ようやく公園を出て車を停めた場所へ向かうと、ふいに、ボンネットの前に立つ見覚えのある男に気付く。

その男は、きっちりと整えた髪に地味なスーツ姿という、街を歩けばいくらでもすれ違いそうな佇《たたず》まいでありながら、全身から放たれる表現し難い胡散臭《うさんくさ》さには、とても忘れられないインパクトがあった。

「あれって、真琴のマネージャーじゃないのか」

尋ねると、真琴は頷きながら怪訝《けげん》な表情を浮かべる。

「本当だ、金福だね。……でも、どうしたんだろう、迎えはいらないってわかってるはずなんだけど」

「どうせ金の話だろ」

「金福だって、いつもお金のことばっか考えてるわけじゃないよ」

真琴は笑い飛ばすが、金福は天馬たちに気付くと満面の笑みを浮かべ、揉《も》み手《で》をしながら近寄ってきた。

その瞬間、真琴の否定は壮大な振りになるだろうと、天馬は確信する。

「真琴様、天馬様、お待ちしておりました」

「金の話ですか」

「さすが天馬様は話が早い」

「……ほら見ろ」

「………」

一度くらいは否定するかと思いきや、金福はわかりやすく目を輝かせ、その様子には真琴ですらも絶句していた。

かたや金福は気にする素振りひとつなく、ポケットからいそいそと小型のボイスレコーダーを取り出し、天馬の前に掲げる。

「ジャジャーン」

「……なんですか、それは」

「言質です」

「言質？」

金福は頷《うなず》くと、再生ボタンを押した。

すると、スピーカーから流れはじめたのは『……頼む。俺が持っているものは全部やるし、金で済むなら払う』という、さっき天馬が口にした言葉。

「……で、なんですか、これは」

「ですから、言質です」

同じやり取りを繰り返しながら、天馬は内心、かなり驚いていた。

録音されたこと自体にではなく、この言葉を口にしたときはかなり切羽詰まった状況だったはずなのに、あの中でどうやって天馬の声を録《と》っていたのだろうと、不思議でならなかったからだ。

金福はそんな疑問などお見通しとでも言わんばかりに、真琴が背負っているリュックを指差す。

「真琴様のお荷物に、ワイヤレスの集音マイクを仕込ませていただいております」

「マイク……？」

天馬よりも先に反応したのは、真琴だった。

どうやら本人にも知らされていなかったようで、真琴は慌ててリュックを下ろすと、背面のポケットに付けられていたワイヤレスマイクを見つけて目を丸くする。

「え、こんなのいつの間に……！」

「天霧屋へ来たときからです」

「嘘、そんな前から？」

「てっきり気付いていらっしゃるかと」

「全然知らないし、言っといてよ！　盗聴なんて変態じゃん！」

「業務です」

真琴は珍しく真っ当なツッコミをするが、金福は悪びれもせず、余裕の笑みを浮かべる。

「ちなみにですが、こちらのマイクが機能するのは本体の二十メートル圏内ですから、天霧屋に部屋のない私が真琴様のお部屋での会話を盗聴することはできませんし、どうかご安心を。こちらは、あくまで現場で交わされた会話の確認用です」

「……そっか。じゃあまあ、いいか……」

簡単に丸め込まれる真琴に、天馬はやれやれと肩をすくめた。

「……一応言っておくが、金福さんはお前の部屋に盗聴器を付けていないなんてひと言も言ってないぞ。このレコーダーではできないと言ってるだけで」

「た、確かに……！」

「天馬様、ご冗談を」

「ほら見ろ、この期に及んで否定はしてない」

どうやっても誤魔化し続ける金福に呆《あき》れる半面、天馬はその肝の据わり方に感心していた。

「またた、そんな」

そもそも、あの緊迫した状況の中、真琴の二十メートル圏内にいたというだけでも、十分凄《すご》いと。

たとえ霊感がまったくなく、桁外《けたはず》れに感覚が鈍かったとしても、耐性のない一般人があれだけ強力な悪霊の近くにいたなら、即座に体や精神に悪い影響が及んでも不思議ではない。

にも拘《かかわ》らず、まったくの無事となるとなかなかの猛者《もさ》だ。

ただ、そんな危険を冒してまで言質を取りに来た執念を考えると、のん気に構えてもいられなかった。

「それで、なにが目的ですか。言質を取ったとおっしゃいますが、先程の録音は、真琴に祓《はら》ってくれと頼んだときに俺が言ったものです。しかしそれは断られ、結果的に俺の呪符《じゅふ》と祝詞《のりと》を使って祓いました。もちろん真琴のサポートあってのものですが、事実は録音内容と違います。ですので、無効ではないかと」

「……真琴様が、ただのサポート、ですか」

「ええ」

事実をそのまま伝えたつもりだったが、金福は初めてわずかな動揺を見せる。

それは、普段、真琴を説き伏せるのがどれだけチョロいか、顕著にわかる反応だった。

「真琴様、それは、どういう……」

「どういうって、録音してたんだったら聞いてたんじゃないの？　私、天馬と組むことにしたんだよ。私はあくまでサポートだけど」

「な……、聞いておりません。言質を取って安心しておりましたし、その後すぐに地面の亀裂《きれつ》に嵌《はま》っておりましたので」

「……大丈夫ですか」

「ええ、天馬様のご心配には及びません。……それより真琴様、その場合は報酬が……。天馬様がサポートならともかく、真琴様がサポートとなると……」

「それはおじいちゃんや田所さんと頑張って交渉してよ。私としては、楽できて満足だし、今さら変更する気ないから」

「しかし……」

「ってか、いずれは天霧屋ごと貰《もら》うんだから、金額のことをゴチャゴチャ言う必要なくない？」

「そのようなどんぶり勘定では……！」

「いいんだって。もうこの話は終わり！」

金福は明らかに納得いっていない様子だったが、立場上それ以上は食い下がれないのか、結局、やや苛立《いらだ》った様子でボイスレコーダーをポケットに仕舞った。

しかし、その後は驚く程の切り替えの早さで、天馬に笑みを浮かべる。

「では、ひとまず戻りましょうか。天馬様、私が運転いたします」

「は？……もしかして、俺の車に乗る気ですか。……というか、ここまでどうやって来たんですか」

「車ですが、道中に亀裂に嵌りまして」

「……車も？」

「ええ」

素直に送ってくれと言わないあたりが憎たらしいが、金福との会話は消耗が激しく、天馬はそれ以上なにも言わずに後部シートに乗った。

金福は満足そうな様子で運転席に乗り、真琴が乗ったことを確認してエンジンをかける。

「いやぁ、それにしても、本当にお疲れ様でした」

天馬は金福のしらじらしい労《ねぎら》いを無視しつつも、――本当に疲れたと、いろいろなことが起こりすぎたこの一日を、しみじみ思い返していた。

天成寺に戻ると、金福はちゃっかり天馬の車を借りて去って行った。

気付けば日はすっかり傾いていて、天馬は満身創痍《まんしんそうい》の体を引きずりながら、正玄に報告をすべく本堂へ向かう。

しかし、本堂の前に待機していた世話役にその旨を告げると、世話役は「報告は明日で良いので、今日はゆっくり休むように、とのことです」と、異例の伝言をくれた。そんなことは過去に一度もなく驚いたけれど、世話役いわく、とくに理由は聞いていないと言う。

天馬はわかったと答えつつも、違和感を覚えずにはいられなかった。

黙り込む天馬を見て、真琴がこてんと首をかしげる。

「そんなに変？　大仕事したわけだし、普通に天馬を労ってのことじゃないの？」

「いや、大怪我をしていようが平気でぶん殴るような男だぞ」

「それもそうか。じゃあ、弱ってるんじゃない？」

「誰が」

「おじいちゃんが」

「アホか」

「いや普通でしょ、九十七歳なんだから」

「普通……？」

真琴が普通だと口にした途端、正玄という男が、――不死身に違いないと散々揶揄《やゆ》してきた男が、突如天馬の中で普通の人間に戻ったような気がした。

確かに普通の人間ならば、九十七歳ともなると、長寿社会の現代においても相当な高齢だ。

当然ながら、真琴が言ったように弱っていたとしても不思議ではない。

「そういえば、そうだよな……。あの人は……」

「……どしたの？」

「人間、なんだよな……」

「言ってること怖いんだけど」

真琴が引くのも構わず呟《つぶや》いているうちに、どこかフィクションのように考えていた天霧屋の代替わりが、頭の中でじわじわとリアルさを帯びていった。

同時に、真琴に指摘された通り、考えるのを先延ばしにしてきた数々の頭の痛い問題が、一気に押し寄せてくるような感覚を覚える。

なんだか頭痛がして、天馬は一度ゆっくりと呼吸をし、ひとまず今日はもう考えるのを止めようと、真琴に背を向けた。

「俺は宿舎に戻る。……報酬が欲しいなら明日の集まりには出ろよ。じゃないと、お前のサポートはなかったこととして報告するぞ」

「脅す気？……まあ、金福がうるさいから出るけどさ」

面倒そうに呟く真琴と別れ、天馬は本堂を通り過ぎて宿舎へ向かう。

通りすがりに道場に視線を向けるとまだ明かりが点《つ》いていて、窓越しに、武道に勤《いそ》しむ門弟たちの声が聞こえてきた。

いつもなら微笑ましいその声が、いろいろ考え過ぎたせいか今日はなんだか心に重く響き、天馬は足早に通り過ぎて宿舎の入口を開ける。

中はしんと静まり返っていて、すぐ横の食堂にも人の気配はなく、天馬はそのまま階段を上り、自室へ向かって足を進めた。

そのとき、ふと目に留まったのは、戸の前に座り込む人影。

暗くとも、その小さなシルエットから思い当たる人物は一人しかおらず、天馬は近寄ってその正面に膝《ひざ》をつく。

「蓮？」

名を呼ぶと、蓮は勢いよく顔を上げ、嬉《うれ》しそうに笑った。

「天馬、おかえり」

一見するといつもと変わりないが、その目はどこか不安げで、天馬はひとまず蓮を部屋の中へ通す。

そして、座るように促したものの蓮は離れようとせず、どこか落ち着かない様子で天馬を見上げた。

「ねえ、英太は無事だったよ」

真っ先に口にしたのは、ずっと気がかりだった英太のこと。

門弟たちが普段通り鍛錬をしている時点で無事は予想していたけれど、蓮からの報告で、拭《ぬぐ》いきれなかった不安がスッと緩んだ。

「会ったのか？」

「ううん、ちょっと顔を見ただけ。全身泥だらけだったからびっくりしたけど、大きい怪我はないんだって。さっき、慶士が念のためにって病院に連れて行って、どこも悪くないって連絡があったみたい。多分、もうすぐ帰ってくると思う」

「そうか。……良かった」

「うん」

「どうした？」

「ううん」

蓮は首を横に振るが、ボロボロになった英太の姿を見たのなら、不安になるのは当然だった。

天馬は蓮の頭を撫《な》でながら、どう説明すれば安心させられるだろうかと、頭を働かせる。

しかし。

「僕は、別に怖くないよ」

先に口を開いたのは、蓮の方だった。

「……どうした、急に」

「今日、英太を見て思ったんだ。前まではよくわかってなかったけど、祓師《はらいし》って、とても危険なんだなって。……もしかしたら、僕も死ぬかもって」

「蓮……」

「だけど、それでも、他に行くくらいなら僕はやっぱりここにいたいって思った。僕、あんまり優しくされたことがなくて。施設にいたときも、大人はみんな笑いかけてくれるんだけど、なんかいつも変だったんだ。施設の人が話してるのを聞いたんだけど、そういうの、〝腫《は》れ物にさわるよう〟って言うんだって。いじめられるより、僕はそっちの方が嫌だった。ここにいちゃ駄目だって、笑いながら言われてるような気がして、怖いから」

幼くして悟り切ったような口調に、天馬の胸が疼《うず》く。

相槌《あいづち》を打てないでいると、蓮は少し戸惑ったように笑った。

「そうだ、今日ね、世話役の女の人が僕のところに来たよ。天馬がそうするよう言ってくれたんでしょ？」

そう言われて思い出したのは、真琴の専属にと派遣されたにも拘《かかわ》らず、本人から断られて戸惑っていた、世話役の市木のこと。

「ああ、……やることがなくて困ってたから、蓮に付くよう言ったが、……余計だったか？」

ふと、蓮が話していた、腫れ物にさわるような扱いを受けたという過去の話は、まさかそこに繋《つな》がるのではないかと、天馬は不安を覚える。しかし。

「ううん。楽しかった。大人ってみんな隠し事ばっかりなのに、あの人めちゃくちゃおしゃべりで、なんでも話してくるんだもん」

嬉しそうな表情を見て、天馬はひとまずほっと息をついた。

「彼女と、どんな話を？」

「えっとね、市木さんには僕くらいの息子がいるんだけど、前の旦那《だんな》さんにとられちゃって、一回も会わせてくれないんだって。姑《しゅうとめ》さんが超怖くて、家の前で野宿したら警察呼ばれたって言ってた」

「……だいぶ想像と違う内容だな。そんなの子供に話すか、普通」

「でも、僕を息子みたいだって言って可愛がってくれて、昔の話をしながら笑ったり泣いたりしてた。あんなに表情がコロコロ変わる女の人には初めて会ったけど、お母さんってみんな優しいんだなあって思ったんだ。砂浜で会ったお母さんの霊も温かかったけど、もう会えないって思ってたから、市木さんが来てくれて僕は嬉しい」

「そうか。……なら、よかった」

目を輝かせて話す蓮を見ながら、思いつきとはいえ市木を蓮に付けて良かったと、天馬は心底思った。

それと同時に、やはり蓮の居場所は守ってやらねばならないと、決意がより固まった気がした。

「……蓮、俺はやっぱり、天霧屋の当主を目指すよ」

口に出すと、蓮がわずかに瞳《ひとみ》を揺らす。

「え、でも、真琴さんとのセッチュウ案は？」

「その計画はやめた。……真琴は一応競合相手だが、俺はこれからあいつの技術を盗んで、強くなって、ちゃんと自分でこの場所を守る」

「それって、前に言ってた、天霧屋の名前を繋げていくってこと？」

「いや、違う。そんな得体の知れない大きなものじゃなく、今あるものを守るってことだ」

「違いがよくわかんない」

「お前はずっとここにいられる。ただそれだけの話だよ」

「……そっか」

蓮は首をかしげながらも、少し安心したのか小さく頷《うなず》いてみせた。

そして、部屋に戻るのかと思いきや突如天馬の布団を広げ、中に潜り込む。

「……ここで寝るのか？」

「うん。眠くてもう歩けないから」

普段あまり甘えることのない蓮の言い訳が微笑ましく、天馬は笑いを堪《こら》えながらその横に寝転がった。

蓮は布団の中から腕を伸ばし、天馬の手を握る。

その仕草はいつになく幼く、市木の影響か、年相応の子供らしさを少し取り戻したのかもしれないと天馬は思った。

やがて、酷《ひど》い疲れのせいか急激な眠気に襲われ、天馬はそれに抗《あらが》わず、ゆっくりと目を閉じる。

頭の中では、正玄の様子や慶士との確執や真琴との今後など、頭の痛い問題ばかりがひしめき合っていたけれど、今日だけはなにも考えずに休もうと、天馬はそれらを全部端に追いやり、ゆっくりと深呼吸をした。

人のいない宿舎が静かすぎるせいか、蓮から伝わる体温のお陰か、それから天馬が意識を手放すまでは、あっという間だった。

＊

夜遅くに病院から帰ってきたはずの英太は、翌朝、消えた。

部屋の荷物はほとんどがそのままで、「お世話になりました」という置き手紙だけが残っていたらしい。

最初にそれを発見したのは、慶士。

全員が本堂に集まり、正玄の前で昨日の報告が一通りなされた後、慶士は英太のことを伝達した。

そこにいた全員がざわめいたが、もっともショックを受けているのは英太を連れて行った慶士に他ならず、その悲愴《ひそう》な面持ちを前に、詳しい説明を求める者は誰一人いなかった。——そのとき。

「あーあ、また減った。当主が決まる頃には全滅してたりして」

あまりに不謹慎なセリフを口にしたのは、遅れて現れた真琴。

その狙ったかのようなタイミングに、天馬は頭を抱えた。

「……真琴、頼むから余計なことを言うな。黙って座ってろ」

天馬は咄嗟《とっさ》に立ち上がり、真琴のパーカーのフードを引き寄せ、慶士に聞こえないように耳打ちする。

しかし真琴はそれを鬱陶《うっとう》しそうに振りほどき、わざわざ慶士の前へ行って正面に座った。

「あんた、慕われてないんだね」

「おい……！」

慌てて止めたものの、真琴は悪びれもせず笑う。

一方、当の慶士はすっかり意気消沈していて、前のように真琴に噛《か》み付くことなく、静かに頷いてみせた。

「確かに、責任の多くは英太を補佐にした俺にある。あんな怖ろしい目に遭わせてしまっては、引き留めることもできない」

「……まあ、別に本人の自由だからいいと思うんだけどさ。そもそも、あの程度の悪霊が祓《はら》えない時点で、祓師として終わってるしね」

「あの程度、だと……？　天霧屋の過去の記録にもまったく記されていない、異形の悪霊だぞ……！」

「記録なんかどうでもいいんだよ。重要なのは、祓えるか祓えないか」

「………」

真琴の言葉は極端だが正論であり、慶士は黙って視線を落とす。

なんだか居たたまれず、天馬は改めて慶士から真琴を引き剝《は》がした。

「もういいだろ。……それに、最近は悪霊の出方が異常だ、今後もあんなのに出続けられたらたまったもんじゃない。さすがに、原因を調査した方がよさそうだ」

そう言うと、真琴はさも面倒臭そうに眉根《まゆね》を寄せる。

「原因、ねぇ。バッタやセミにも大量発生する周期があるっていうし、異常だ異常だって騒いでないで腹を括《くく》ればいいのに」

「悪霊と虫を一緒にするな。……それに、腹を括れるような状況じゃない。今回だって、死人が出なかったのはただの幸運だぞ」

「だから、死ぬのが怖いなら辞めりゃいいんだって。英太みたいに」

「……そういうことを簡単に言うな。それぞれ事情がある」

「はいはい、わかったわかった。……あ！　そうそう！」

「なんだよ！」

「言い忘れてたけど、英太の死相消えてたよ。よかっ――」

「待て、今言うな」

天馬はカラッと報告する真琴の口を咄嗟に押さえる。

英太の死相のことを慶士はそもそも知らず、そんなことを言うとまた余計な揉《も》め事が勃発《ぼっぱつ》する予感がしたからだ。

しかし、幸いと言うべきか、すっかり憔悴《しょうすい》している慶士は心ここにあらずで、天馬たちの会話は耳に入っていない様子だった。

「……英太はもう大丈夫なんだな？」

念のため、声を絞って尋ねると、真琴は頷いてみせる。

「うん。とはいえ、祓師《はらいし》しか道がなかったような人が、社会に出てなにができるか知らないけどね」

「……それは、お前には関係ない」

「ごもっとも」

天馬は真琴を往《い》なして無理やり座らせながら、内心、死相が消えたという話にほっとしていた。

もちろん、社会に出てなにができるかわからないという真琴の意見も一理あるが、もしどうにもならずに途方に暮れたときは、また受け入れてやればいいと。

当然、そのときに、まだ今の天霧屋が存在していればの話だが。

そのことを考えはじめるとたちまち頭痛がし、天馬は大きく首を横に振った。

そのとき。

「——では、皆の報告をもとに、儂《わし》と田所とで本件の結果を鹿沼に伝える。次の依頼が来るまで精進するように。……今日はこれにて解散だ」

いつもなら、報告の後はダラダラと何時間も説教を続ける正玄が、そう言っていきなり場を締め括った。

あまりにもあっさりした終わり方に誰もがポカンとする中、天馬が思い出していたのは、正玄が弱っているという真琴の言葉。

ただ、改めて正玄の様子に注目してみても、とくにいつもと違う点は見当たらず、むしろ、新調したらしい少し薄手の着物がムキムキの体を強調し、これから熊でも倒しに行きそうなくらいの迫力を醸し出していた。

やはり弱るわけがないと、おおかた、引き際を考えはじめたことを機に、これまでのような熱量を失くしているのだろうと天馬は思う。

だとすれば、もう少し上手《うま》く隠してほしいものだとも思うが、もちろん口には出せなかった。

門下たちはチラチラと顔を見合わせながら、先に正玄が退室するのを待つ。——しかし。

正玄が立ち上がろうとした瞬間、突如、自宅へ続く障子がスッと開いた。

現れたのは、真琴のマネージャー、金福。

自宅側から現れたことに田所がギョッとするが、この光景ももう二度目であり、天馬にとってはさほど驚きはなかった。

金福は満面の笑みを浮かべて本堂に立ち入ると、いそいそと正玄の横に座る。

正玄は、わかりやすく眉を顰《ひそ》めた。

「……昨晩と今後の報酬の配分については、天馬からもう聞いている。詳細は田所と話してくれ」

「いえ、今回は、別途経費についてまとめて参りました。真琴様が委託された業務の遂行中に発生した損害は、補償していただけるものと把握しておりますが、齟齬《そご》がないか確認させていただきたく」

「損害、とは」

「ええ。こちらに」

正玄は、金福が差し出した紙に視線を落とすと、ピクッと眉を揺らす。

「車の修理代に、スーツのクリーニング代。……なんだ、これは」

「ですから、業務遂行中に発生した損害です。一応、契約書の写しをお持ちしましたので、どうぞご覧ください」

「……車もスーツもあんたの私物だろう」

「ですが、私と真琴様はセットですから。契約書にも、乙の部分の注釈に、真琴様及び金福と書いてありますし」

「……………」

絶句する正玄を眺めながら、天馬はさすがに不憫《ふびん》だと苦笑いを浮かべる。

金福はおそらく、真琴が天馬のサポート役をやると言い出した時点で報酬の取り分が減ってしまうことを懸念し、損害を積み上げて補塡《ほてん》するという方法を思いついたのだろう。

めちゃくちゃではあるが、その図太さは逆に見事だった。

「……一旦《いったん》、田所と話してくれ」

結果、正玄はうんざりした様子で田所に丸投げし、もう話しかけるなと言いたげな様子で本堂を後にする。

金福はずいぶんご機嫌な様子でその姿を見送った後、いそいそと田所のもとへ行き、隅で交渉を始めた。

やがて真琴も寝足りないのか大あくびをしながら、フラフラと天馬の自宅の方へ向かう。

残された門弟たちは戸惑った様子で、口々に英太のことを話しはじめた。

ここ最近、一気に三人の門下が減ったばかりだというのに、英太まで去ったのだから、戸惑うのも無理はないと天馬は思う。

ただ、天馬にも考えることがあまりにも多く、皆をフォローするための言葉が思い浮かばなかった。

そのとき。

「お前は今後も奴と共闘するんだな。……昨日のように」

ふいに話しかけてきたのは、慶士。

咄嗟に視線を向けたものの、慶士は返事を待つことなく、正面を向いたままさらに言葉を続ける。

「……次期当主の座にいた奴が、敵と組むとは」

慶士らしくない、感情の読めない淡々とした口調が、天馬の胸をざわつかせた。

「慶士、聞いてくれ。俺は真琴に天霧屋を渡す気はない。でも、今の俺一人じゃ昨日のような悪霊に太刀打ちできないのは事実だ。……それでも、真琴の巧手を見て盗めば、いずれ同等になれる手応《てごた》えはある。それに、俺はあいつの仲間になるわけじゃなく、利害が一致し――」

「――聞こえのいい言い方をするが、巧手を盗むんじゃなく、敵から指南を受ける、の間違いだろう」

言葉を遮った慶士の声に、初めて強い感情が滲《にじ》む。

途端に門弟たちがしんと静まり、天馬は皆に先に戻るよう視線で促した。

いつの間にか金福たちもすでにおらず、本堂に残ったのは、天馬と慶士の二人。

ふと、二人がまだ幼い頃に、ここでふざけ合って叱られた記憶が脳裏に蘇《よみがえ》り、胸が締め付けられた。

「……たとえそう取られたとしても、自分の能力を上げるためなら背に腹は替えられない。天霧屋の当主になるのは、もっとも能力が高い者なんだから」

「本音では天霧屋の当主の座に興味などない癖に、よく言う」

「……いや、だから、俺は」

「継ぎたくはないが皆を守りたいって？……正統な血を引いている上に高い資質を持って生まれた奴はいいな。お前が抱えているのは、俺らからすれば天上の悩みだ」

「慶士……」

「ともかく、……俺はお前とは違う方法で、必ず強くなる」

少し前までの絆《きずな》があったなら、天馬はそれを頼もしい言葉として受け取っていただろう。

ただ、慶士の目には前のような光が宿っておらず、なんだか不穏な予感がしてならなかった。

「なあ、慶士……、頼むから、あまり一人で思い詰めないでくれ……」

それは心から心配しての言葉だったが、慶士はやはり目も合わせず、どこか自嘲《じちょう》気味に笑う。──そして。

「お前、俺の心配していいのか？」

ふと、意味深な言葉を口にした。

「……どういう意味だよ」

尋ねると、慶士は逡巡《しゅんじゅん》するような沈黙を置いた後、言葉を続ける。

「どう考えても異常だろう。大昔の悪霊が次々と現れるこの状況は」

「だから、調査の必要があるってさっき俺も……」

「――しかも、あの女が現れたのと、同じタイミングで」

慶士がなにを言おうとしているのか、わざわざ聞くまでもなかった。

「まさかお前、真琴の仕業だと……？」

「仕業かどうかは知らん。だが、過去の記録にもない程の強力な悪霊が暴れ出すとなれば、よほどのキッカケがなければ説明がつかない。たとえば、……天敵や怨敵《おんてき》でも現れない限りは」

「天敵か、怨敵……？」

「あの女はもしかして、高名な陰陽師《おんみょうじ》の系譜なんじゃないか。たとえば、大昔にここら一帯の悪霊を封印した一族の末裔《まつえい》、とか」

「それは辻褄《つじつま》が合わないだろ……！　鎌倉一帯の祓屋《はらいや》は、昔から天霧屋しかないんだから」

「いいや、記録にも残らず潰《つぶ》れた祓屋くらい、昔を遡《さかのぼ》ればいくらでもあるはずだ。現に、奴は野良だろう。人知れず、ひっそり血を繋《つな》げてきた可能性だってある。もっと言えば、潰れたのではなく、――潰された可能性も」

「……なにが言いたい」

「奴の原動力が金ではなく、天霧屋への恨みだったら、――と」

「慶士……！」

「なにせ、あれだけの能力があれば、悪霊ですら道具として扱えるだろうからな。もっとも、すべて俺の仮説でしかないが。……ただ、そんな不穏分子と馴《な》れ合って、万が一取り返しのつかないことになっても知らんぞ」

さすがに考えすぎだと思う半面、慶士の懸念を簡単に一蹴《いっしゅう》することができない自分がいた。

現に、強力な悪霊が現れはじめたのと真琴がやってきたのは同時であり、真琴は悪霊をあっさり祓《はら》うことで、正玄の信頼を得ている。

とはいえ、万が一、天霧屋を潰すことが目的だったとするなら、門下が減りすっかり弱体化している今、わざわざそんな回りくどい方法を選んでまで潰す必要があるとは思えなかった。

天馬がぐるぐると考えを巡らせる中、慶士はスッと立ち上がり、小さく溜《た》め息をつく。

――そして。

「俺は、必ずお前らに勝って天霧屋の名を繋げていく。……そして、俺が守った天霧屋に、お前のような半端な人間は必要ない」

そう言い残し、本堂を後にした。

足音が徐々に遠ざかり、すっかり静まり返った中で、天馬は慶士の言葉を頭の中で何度も反芻《はんすう》する。

正直、必要ないと言われたことよりも、本格的に敵対の意思を表されたことの方がずっとショックだった。

体からどっと力が抜け、天馬はそのまま後ろに倒れる。――瞬間、ふたたび足音が近付いてきて、天馬は慶士が戻ってきたのだろうかと、咄嗟《とっさ》に体を起こした。

しかし、視界に入ったのは、蓮。

蓮は天馬の傍へ来て座ると、少し寂しそうに瞳《ひとみ》を揺らした。

「慶士と喧嘩《けんか》したの？」

ストレートな問いに戸惑いながらも、幼い蓮にどう説明すべきかと、天馬は頭を悩ませる。

蓮はそんな天馬の着物の袖《そで》をきゅっと引き、もどかしそうに身を乗り出した。

「ねえ、慶士は、真琴さんのことが気に入らないんだよね？　天馬が真琴さんと一緒に悪霊を祓ったこと、怒ってるんでしょ？」

どうやら蓮は、ある程度の状況を察している様子だった。

さっきの慶士の怒号を聞いていたのだから無理もないが、もはや誤魔化したところで無意味だろうと、天馬は観念する。

「真琴はそもそも、今の天霧屋を潰すつもりで来た女だからな。慶士が気に入らないのは当然だ」

「だけど、天馬は一緒に祓うこと、納得してるんでしょ？」

「納得というか、それしかないと思ってる。……もちろん、自分の中のいろいろな矛盾や奴への疑念に葛藤《かっとう》してはいるが」

「矛盾と、疑念……？」

「決めたものの、まだ迷い続けてるってことだよ。なにせ俺には慶士のような芯《しん》がないし、優柔不断なんだ。真琴から得られるものが大きいことはわかってるが、現に慶士から強い反感を買ったしな。……なにより、俺の大義は慶士程立派じゃない。門下の居場所を確保したいという、ただそれだけだ」

「それは、立派じゃないの？」

「うん？」

「僕は、嬉《うれ》しいけど」

「蓮……」

　あまりに素直な言葉に、荒《すさ》んでいた心がふわっと緩んだような気がした。

　天馬は蓮の頭を撫《な》でながら、こんな幼い子供に支えられるなんて情けないと、苦笑いを浮かべる。――すると。

「僕、思うんだけどさ。真琴さんって実は、当主が連れてきたんじゃないかなぁ。天馬に頑張ってもらおうと思って」

「は……？　当主が……？」

　考えたこともなかった斜め上の推測に、天馬は思わずポカンとした。

蓮は頷《うなず》き、さらに言葉を続ける。

「本当は天馬に当主になってもらいたいけど、もっと強くなってほしかったから、真琴さんにこっそりお願いして来てもらったんじゃないかなって。天霧屋には天馬より年上の祓師がいないし、天馬はずっと教える側だったから、天馬の先生になってもらうために」

「いや、……そんな――」

そんな荒唐無稽《こうとうむけい》なと思いながらも、簡単に流すことができなかった理由は、正直、ほんのわずかながらも納得感を覚えたからだ。

なにせ、真琴の登場からここまで、あまりにも展開が出来すぎている。

天馬に天霧屋を守るための気概を持たせ、精進するべく努力させるためには、真琴のような略奪者をぶつけるのは効果的な方法であり、現に、天馬の現在の心境こそが、その効果を物語っていた。

ただ、さすがに、一歩間違えれば一般市民が大勢死ぬような悪霊を、計画の道具として都合よく扱えるとは思えず、天馬は心の中でその考えを否定する。

とはいえ、ついさっき慶士から聞いた絶望的な推測とは真逆の、良い意味でのん気な蓮の考察のお陰で、気分が少し晴れた気がした。

「……もしそうだったとするなら、もっと強くならないとマズイな。このままじゃ、当主に殴られる」

あえて否定せずに調子を合わせると、蓮は目を輝かせて頷く。

「僕も！」

「ああ。……とりあえず、スニーカーでも買うか」

「いいね！」

久しぶりに見せた蓮の満面の笑みは、なんだか込み上げるものがあった。

蓮は思いを吐露してスッキリしたのか、天馬の袖を離す。

「じゃあ、僕、これから市木さんと野菜を植える約束してるから！」

「野菜……？」

「うん。市木さん、宿舎の菜園の担当にしてもらったんだって！」

「そ、そうか……」

いくら無駄が多い天霧屋であっても、宿舎の裏にあるごく狭い菜園の担当なんて役割は聞いたことがなかったけれど、おそらくは、蓮と上手《うま》くやっている市木に対する田所の計らいなのだろう。

いつ入れ替わるかわからない世話役との距離が近すぎるというのも少し不安だが、蓮が元気ならひとまず良いかと、天馬は楽しげに走り去っていく後ろ姿を見送る。――そのとき。

「いいお兄ちゃんですこと」

蓮と入れ替わりに現れたのは、真琴。

ニヤニヤしながら近寄って来る様子を見るやいなや、蓮によって洗われた心がたちまち曇った。

「盗み聞きするな。お前、二度寝しに戻ったんじゃなかったのか」

「そのつもりだったけど、お腹すいて寝られないから食べ物を探しに」

「……自由だな」

「あと、天馬の呪符《じゅふ》、何枚か貰《もら》っといていい？　あらかじめ、武器に仕込んでおきたいから」

「は？……自分のを使えばいいだろ。……まさか、嫌味のつもりか」

「いや、それが、やっぱ呪符に関しては天馬のやつの方が効くからさ。単純だからか、邪念がなくて」

「確かにお前はマネージャー共々いかにも邪念だらけだが、俺の方が効くなんてことはない。面倒臭がってないで自分で用意しろ」

　今は戯《ざ》れ言に付き合う気分じゃないと、天馬は手で追い払う仕草をする。

　しかし真琴はそれを無視し、ねだるように手のひらを差し出した。

「いや、嘘じゃないから！　昨日も言ったでしょ、呪符やら祝詞《のりと》やらの効果に関しては、日々の修行で積み重ねたものが顕著に効果に出るんだってば。天馬が日々、やる気もない癖に修行だけはコツコツと続けて来たから、雑魚《ざこ》には不相応な効果を持っちゃってるの」

「褒めてるのか？……いや、貶《けな》してるのか」

「両方だよ。……ってか、改めて聞くけど、なんで修行ばっかりそんなに続けて来られたの？　普通に考えて、〝立派な祓師になるぞ！〟くらいの気概がないと、あんなの耐えられなくない？」

「逆だろ。……気概どころかすべての運命を諦《あきら》めてたからこそ、なんの感情もなく作業的に続けて来られたんだ」

「……へえ。まぁ納得はしたけど、威張って言うことじゃないかもね」

「うるさい、いちいち絡んでくるな。……呪符ならやるからあっち行け」

天馬は不快感を露《あら》わに、懐から呪符をひと摑《つか》み取り出し、真琴に押し付ける。

「え、こんなに？　ありがと！」

「無駄にするなよ」

「わかってる！　じゃ、食べ物探して寝るわ！　天馬は唯一の特技を活《い》かすべく、いっそう修行に励むように！」

「……いい加減殴るぞ」

舌打ちすると、真琴はまるで子供のような笑い声を上げながら、ようやく本堂を後にする。

天馬は酷《ひど》い疲労を感じながらゆっくりと立ち上がり、——修行でもするかと、案外、真琴の言葉を素直に受け取っていた。

——ちなみに。

「それにしても、上手く潜り込みましたね、——当主」

本堂から出てきた真琴に対し、金福がニヤニヤしながら伝えたそのひと言を、当然ながら天馬は知る由もない。

本書は書き下ろしです。
この作品はフィクションです。実在の人物、団体等とは一切関係ありません。

祓屋《はらいや》天霧《あまぎり》の後継者《こうけいしや》

御曹司《おんぞうし》と天才祓師《てんさいはらいし》

竹村優希《たけむらゆき》

令和6年 9月25日 初版発行

発行者●山下直久

発行●株式会社KADOKAWA
〒102-8177 東京都千代田区富士見2-13-3
電話 0570-002-301（ナビダイヤル）

角川文庫 24327

印刷所●株式会社暁印刷
製本所●本間製本株式会社

表紙画●和田三造

●お問い合わせ
https://www.kadokawa.co.jp/（「お問い合わせ」へお進みください）
※内容によっては、お答えできない場合があります。
※サポートは日本国内のみとさせていただきます。
※Japanese text only

ISBN 978-4-04-115110-5 C0193

角川文庫発刊に際して

角川源義

第二次世界大戦の敗北は、軍事力の敗北であった以上に、私たちの若い文化力の敗退であった。私たちの文化が戦争に対して如何に無力であり、単なるあだ花に過ぎなかったかを、私たちは身を以て体験し痛感した。西洋近代文化の摂取にとって、明治以後八十年の歳月は決して短かすぎたとは言えない。にもかかわらず、近代文化の伝統を確立し、自由な批判と柔軟な良識に富む文化層として自らを形成することに私たちは失敗して来た。そしてこれは、各層への文化の普及滲透を任務とする出版人の責任でもあった。

一九四五年以来、私たちは再び振出しに戻り、第一歩から踏み出すことを余儀なくされた。これは大きな不幸ではあるが、反面、これまでの混沌・未熟・歪曲の中にあった我が国の文化に秩序と確たる基礎を齎らすためには絶好の機会でもある。角川書店は、このような祖国の文化的危機にあたり、微力をも顧みず再建の礎石たるべき抱負と決意とをもって出発したが、ここに創立以来の念願を果すべく角川文庫を発刊する。これまで刊行されたあらゆる全集叢書文庫類の長所と短所とを検討し、古今東西の不朽の典籍を、良心的編集のもとに、廉価に、そして書架にふさわしい美本として、多くのひとびとに提供しようとする。しかし私たちは徒らに百科全書的な知識のジレッタントを作ることを目的とせず、あくまで祖国の文化に秩序と再建への道を示し、この文庫を角川書店の栄ある事業として、今後永久に継続発展せしめ、学芸と教養との殿堂として大成せんことを期したい。多くの読書子の愛情ある忠言と支持とによって、この希望と抱負とを完遂せしめられんことを願う。

一九四九年五月三日